UMA ORQUÍDEA PARA CHANDRA

Título Original:
"Love in the Clouds"

BARBARA CARTLAND

Barbara Cartland Ebooks Ltd

Esta Edição © 2020

ISBN
9781782136088   PAPERBACK

Book design by M-Y Books
m-ybooks.co.uk

Conteúdo

CAPÍTULO I 1

CAPÍTULO II 27

CAPÍTULO III 57

CAPÍTULO IV 87

CAPÍTULO V 117

CAPÍTULO VI 147

CAPÍTULO VII 178

CAPÍTULO I

Ao voltar da aldeia, Chandra viu uma carruagem parada à entrada de sua casa, e apressou o passo.

Ficou aborrecida por alguém ter ido visitar seu pai sem que ela estivesse em casa, e sabia que ele não desejava ser incomodado. Reconheceu intimamente que era culpada, pois se não tivesse parado para tagarelar, teria chegado vinte minutos antes.

Sempre gostara de ir à aldeia, porque os donos das lojas modestas, que a conheciam desde menina, estavam sempre prontos a recordar os "velhos tempos" e sua mãe. A Sra. Geary, da padaria, mal a via, exclamava:

–Oh, Srta. Wardell! Cada vez que a vejo, está mais parecida com sua mãe.

–Não poderia dizer-me nada que me agradasse mais do que isso– respondia Chandra.

A Sra. Geary punha-se então a contar histórias sobre a beleza da mãe de Chandra ao chegarem à mansão senhorial, e o quanto era amada por todos na aldeia.

Chandra, reconhecia que aquela era a verdade, pois sua mãe tinha o dom de fazer amigos onde quer que fosse, e talvez se prevalecesse disso, mais do que qualquer outra mulher, para compensar as falhas sociais do seu marido.

O professor Barnard Wardell achava as pessoas maçantes e só desejava ficar a sós com seus livros. Era um dos maiores conhecedores de sânscrito de sua época. Fora eleito membro da Sociedade Real Asiática, bem como da Sociedade Real, e a Sociedade Asiática de Paris tinha-o em grande conceito.

Infelizmente, o público em geral não se interessava por seus trabalhos científicos, e portanto suas obras não eram vendidas facilmente. Por felicidade, recebia uma pequena subvenção da Sociedade Asiática de Bengala, pois de outro modo, teria que contar apenas com uma modesta quantia dos direitos autorais, enviada periodicamente por seus editores.

—O senhor não acha, papai— dissera-lhe Chandra inúmeras vezes—, que poderia escrever um livro que interessasse às pessoas comuns, desejosas de conhecer mais acerca do Oriente e dos seus tesouros literários? Há pessoas que nem sequer sabem que esses tesouros existem!

—Não desejo atirar minhas pérolas de sabedoria aos porcos!— replicara ele.

—Mas, papai, precisamos de dinheiro. Embora eu economize cada moeda que me dá, não podemos viver de brisa!

Enquanto falava, sabia que seu pai não lhe dava atenção.

Seu espírito estava distante, num lama seria, num Convento budista, no Tibete, ou em um Mosteiro no sopé do Himalaia, ou em qualquer parte do mundo onde os sábios do passado tinham escondido seus manuscritos, os quais ninguém, a não ser homens eruditos, podia decifrar.

Muitas vezes, ao ler sobre as vendas de um romance ou um livro de viagens com milhares de edições, Chandra desejava que seu pai fosse diferente. Depois, reconhecia orgulhosamente que ele era um sábio extraordinário, e não desejaria mudá-lo.

Justamente por não terem dinheiro, e ser quase impossível, ele ter uma secretária, foi que, há uns cinco anos, Chandra começara a trabalhar com o pai nas traduções.

De início, achara o serviço exaustivo, depois o julgara interessante, e na realidade muito fascinante.

Entretanto, o professor não era um homem paciente. Às vezes ele chegava a gritar com a filha, quando ela achava difícil entender palavras complicadas do sânscrito.

Mas, com o passar do tempo, e por ser muito inteligente, Chandra, se tornara cada vez mais eficiente, até que no último ano passara a fazer sozinha o esboço de um manuscrito, e seu pai, limitava-se a revisá-lo.

O professor Barnard estava envelhecendo, e devido às longas viagens que fizera por todas as partes do mundo, contraíra malária e todos os tipos de febres asiáticas. Contudo, jamais admitiria essa fraqueza, e Chandra costumava dizer-lhe:

–Papai, deixe que eu termine esta tradução. No jornal de hoje há um artigo muito interessante, e gostaria que desse sua opinião. Coloquei-o em sua poltrona.

Seu pai a obedecia, sentava-se em sua poltrona favorita, e mal começava a ler, adormecia. Chandra via nisso a prova de que, embora ele não aceitasse a sua debilidade, ela era um fato indiscutível.

Andando agora pelo jardim cheio de mato, precisando ser podado, por não poderem pagar um jardineiro, ela pensava que uma visita não só aborreceria o pai, mas o cansaria. Suspeitara, recentemente, de que ele se esforçava mais do que era prudente.

Ao aproximar-se da carruagem, viu que era puxada por dois cavalos, e na boleia encontrava-se um cocheiro muito elegante, usando um chapéu de três bicos.

Ficou imaginando quem seria o visitante, percebendo pelo estilo do carro não se tratar de um dos colegas literatos de seu pai, na maioria tão pobres quanto ele.

Só esperava que não fosse *Lady* Dorritt, a dona do Castelo, a quem realmente detestava. Era a esposa do Governador de província, que além de incrivelmente obsequiosa era muito tagarela.

Sabia, porém, que *Lady* Dorritt, só andava em carruagem fechada, por isso não devia ser ela.

Entrou no vestíbulo com painéis de carvalho, no qual havia uma escadaria no estilo *Elizabetano*, finamente entalhada, que subia em curva para o primeiro andar.

Ao dirigir-se para o estúdio, sabendo que era lá que seu pai devia ter recebido seu visitante, avistou uma cartola sobre a cadeira.

Sua mão já se estendera para a porta, quando ouviu uma voz grave que não reconheceu, e ficou escutando. Como não conseguisse ouvir claramente, em vez de entrar ali, correu até uma outra porta do vestíbulo, abriu-a e entrou na sala de visitas.

Esta era raramente usada desde que a mãe morrera. Suas cortinas estavam sempre fechadas para que o sol não desbotasse o tapete, e também para diminuir o trabalho de Ellen, a já idosa e única empregada.

Caminhando sem fazer ruído, Chandra foi até um armário de canto que permanecera no vestíbulo quando a sala fora reformada pela primeira vez. Descobrira recentemente que, ao abrir a porta desse armário, podia ouvir claramente o que falavam no escritório.

Supunha que, para instalar aquele armário, tinham tirado os tijolos, deixando apenas uma camada superficial de reboco na parede do quarto ao lado. Contara isso ao pai, que achara graça e lhe dissera:

—Não posso crer que esta casa, tendo pertencido à mais respeitável família do condado, até meu pai a adquirir, fosse usada para espionagem. No entanto, podemos tirar proveito desse posto de escuta...

—Como, papai?

—Quando alguns dos meus visitantes importunos demorarem demasiadamente, elevarei minha voz e você poderá vir socorrer-me...

—Tenho uma ideia, papai! Vamos inventar um código! Se disser, "está frio para esta época", saberei que está ansioso por livrar-se deles e se falar; "sinto cheiro de fumaça", compreenderei que devo socorrer o senhor imediatamente!

—É isso que sempre preciso, todas as vezes que você me impinge esses idiotas faladores— resmungou ele—, não consigo imaginar por que as pessoas não me deixam em paz!

Essa era a eterna queixa do professor, pois tudo que mais desejava era ficar sozinho com seus livros.

Ao abrir a porta do armário, Chandra ouviu a voz grave que escutara no vestíbulo dizer:

—Se a minha informação está certa, será a mais espantosa descoberta de todos os tempos.

—Concordo com o senhor— respondeu o professor—, mas sabe tão bem quanto eu que os informes desses manuscritos são frequentemente baseados em boatos e em geral, acabam demonstrando que são inteiramente sem valor.

—Meu informante é um homem de completa integridade, mas é natural que possa ter se enganado.

—Ele lhe foi realmente útil no passado?

—Sempre o julguei merecedor de crédito, além do quê ele se deu ao trabalho de vir para a Inglaterra,

—Certamente isso indica que ele estava convencido do valor do manuscrito, mas *Lord* Frome, ainda não me disse como lhe posso ser útil...

Chandra estremeceu. Sabia agora quem era o visitante. Damon Frome, era um dos homens mais interessados nos tesouros do sânscrito. Seu pai já o mencionara várias vezes.

Nos últimos dois anos o professor Barnard, realmente recebera de Damon Frome vários manuscritos, que Chandra ajudara a traduzir. Lembrava-se agora de que eram muito mais antigos e emocionantes do que todos os outros analisados por seu pai, e o melhor é, que o professor fora muito bem pago pelo tempo que gastara nessas traduções.

«Se *Lord* Frome trouxera algum trabalho novo para seu pai» pensou encantada, «seria justamente o que estava precisando no momento».

Há pouco, antes de sair da aldeia, o Sr. Dart, o dono do empório, avisara Chandra, que o professor estava devendo muito, e pedira-lhe para amortizar um pouco essa dívida.

O Sr. Dart, era um homem nervoso, um pouco gago, mas não do tipo explosivo e exuberante, próprio da sua profissão.

Chandra reconhecia que ele elevara a voz para lhe falar, mas sabia que a conta com o Sr. Dart vinha aumentando cada vez mais, já há meses.

–Falarei com papai– a moça respondeu–, estou certa de que ele se esqueceu dessa dívida com o senhor. Sabe o quanto ele é distraído.

–Peço que me desculpe por importuná-la, bem como ao professor– respondera o Sr. Dart–, mas sabe como os tempos estão difíceis, e nada posso encomendar ao meu atacadista, sem pagar em dinheiro.

–Compreendo, Sr. Dart. Falarei com papai mal chegue a casa– para aliviar um pouco a situação, ela lhe pedira notícias dos filhos.

Ao afastar-se do modesto estabelecimento, Chandra ficou imaginando como pagar essa dívida. Evidentemente, poderia escrever para os editores de seu pai. Já o fizera no passado e ele se zangara ao descobrir.

Tinha, porém, pouca chance de que concordassem em pagar adiantado pelos livros publicados no ano anterior, os quais, embora elogiados nas revistas eruditas, receberam pouca aceitação do público.

Ao voltar para casa, enquanto caminhava, perguntou a si mesma se ainda havia alguma coisa que pudesse vender. Mas não havia mais objetos de valor em sua casa, fora os manuscritos de seu pai.

Agora, porém, sentia-se animada. *Lord* Frome trouxera algum trabalho para seu pai, e tinha certeza de que no futuro tudo seria diferente.

—O que desejo nesta situação— continuou falando *Lord* Frome—, é o seu auxílio, professor, e de um modo diferente de tudo quanto já fizemos antes.

—Um modo diferente?— perguntou seu pai intrigado.

—No passado, trouxe-lhe manuscritos que descobri no Tibete e no Himalaia, e o senhor os traduziu com uma tal perícia, permita-me dizer-lhe, que não pode competir com nenhuma outra no mundo ocidental.

—É muita bondade sua— Chandra ouviu seu pai responder, sabendo o quanto esse elogio lhe agradara.

—Mas, como esse manuscrito é tão precioso e tão diferente de tudo que descobri anteriormente— continuou *Lord* Frome—, não só quero que o traduza para mim, mas que me ajude a achá-lo.

—Achá-lo?— repetiu o professor, muito surpreso.

—Isso mesmo. Para ser franco— observou *Lord* Frome—, não estou certo de que eu o reconheceria se o visse.

Houve um silêncio e Chandra tinha certeza da expressão perplexa de seu pai ao olhar para *Lord* Frome.

—O que estou querendo dizer, professor— disse o *Lord*, como se respondendo a uma pergunta muda—, é que o senhor tem de ir comigo para o Nepal.

–Nepal? Por quê? Julga ser lá que o manuscrito está escondido?

–Meu informante contou-me que existe uma *lamaseria* nas montanhas do outro lado de Katmandu. Tem quase certeza de que, nesse Mosteiro, o abade e os monges não fazem ideia do que possuem, de fato, ele julga que esses religiosos não são homens de grande cultura, mas sim donos de uma profunda piedade.

–É evidente que isso tornaria mais fácil a aquisição– observou o professor, de um modo prático.

–Foi o que pensei– concordou *Lord* Frome–, ao mesmo tempo, e segundo fui informado, naquele Mosteiro existem centenas, senão milhares de manuscritos! A não ser que eu, pretenda passar lá muitos anos para pesquisá-los, precisarei de seu auxílio para encontrar exatamente o que eu quero.

–Está realmente pedindo para eu o acompanhar ao Nepal? Ouvi dizer que é muito difícil entrar no país.

–Sim, é. De fato, a poucos europeus foi permitida a entrada, com exceção do residente britânico.

–O residente *sir* Brian Hodgson foi oficial da colônia britânica até 1842, se não me engano.

–Correto!– exclamou *Lord* Frome–, mas depois, lamentavelmente, devido à inabilidade de *Lord* Ellenborough, ele se demitiu. Tornou-se então uma espécie de ermitão em Darjeeling, onde realizou o mais espantoso trabalho nos manuscritos em sânscrito.

–Claro! Isso mesmo! Examinei a maioria dos que ele apresentou à Sociedade Real Asiática e ao Departamento da Biblioteca da Índia.

–E eu também– retrucou *Lord* Frome–, são coleções extraordinárias, e as gerações futuras deveriam sentir-se imensamente gratas pelas pessoas que neles trabalharam.

–Duvido!...– murmurou o professor, mas o outro continuou:

–Atualmente, existe um oficial da colônia britânica como residente britânico no Nepal. Foi uma sorte, ele ter convencido o Primeiro-Ministro, de que devia autorizar-me a entrar no país juntamente com um auxiliar. Admitindo que não pretendemos nos demorar muito, uma vez lá, creio que será possível alongar nosso limite de tempo.

–Está tornando tudo mais fácil do que eu esperava– observou o professor.

–Nada é fácil quando se está lidando com o Oriente. Teremos apenas que fazer as coisas gradualmente. O primeiro passo já foi dado, com a permissão de visitar o Nepal durante um tempo limitado.

–Os nepaleses não criarão dificuldades com a remoção de seus tesouros?– perguntou o professor.

–Duvido que saibam o valor deles, não em termos de dinheiro, naturalmente, mas a sua importância intelectual. Não preciso dizer-lhe, professor, que se encontrarmos o *"Manuscrito Lótus"*, conforme o chamamos, toda a humanidade inteligente se beneficiará posteriormente desse grande achado!

–Não nos resta senão rezar, para que seu informante não tenha sido iludido por informações falsas.

–Tenho um pressentimento, e costumo segui-los, de que vamos encontrar o manuscrito! E ele será trazido para cá, a fim de que o senhor possa realizar seu trabalho de pesquisa e tradução.

Lord Frome devia ter se levantado, pois Chandra ouviu o ruído de uma cadeira sendo empurrada, escutando depois:

–Parto esta noite, professor, e espero que possa juntar--se a mim, o mais depressa possível, em Bairagnia.

–Como poderei fazer isso? Não planejei nada!

–Tomei a liberdade de reservar uma cabine no navio *Bezwada*, que vai zarpar de Southampton, na próxima quarta-feira. Quando o senhor chegar a Bombaim, já deverei ter partido para o norte, mas o esperarei em Bairagnia.

Fez uma pausa, e Chandra presumiu que estivesse sorrindo ao dizer:

–Sei que já andou muito a cavalo, professor... espero que não tenha abandonado esse exercício ao viver aqui na Inglaterra.

–Está dizendo que precisarei montar para entrar no Nepal?

–Isso mesmo, a estrada de ferro termina em Bairagnia. Depois, leva-se dois dias cavalgando por uma região montanhosa antes de chegar à "estrada", se é que assim possamos chamá-la, a que vai dar a Katmandu.

–Não poderá ser pior do que a viagem que fiz a cavalo para o Tibete, há dez anos. Às vezes imagino como não morri congelado ou me perdi nas tempestades de neve que quase me impossibilitavam de encontrar o caminho.

–Um passo em falso e estaria no precipício!– acrescentou *Lord* Frome, rindo–, o Nepal não é assim tão ruim, embora seja chamado "o teto do mundo".

–Tranquiliza-me, *milorde*– observou o professor–, eu ando muito bem a cavalo.

–Aqui está sua passagem para o navio e dinheiro suficiente para as despesas da viagem. Um de meus empregados o esperará em Bombaim, com as passagens do trem. Ele vai viajar com o senhor e cuidar para que tudo lhe seja satisfatório.

–Sempre soube que o senhor é um homem prático e um viajante muito eficiente, *milorde*– observou o professor.

–Realmente sou– replicou *Lord* Frome, num tom um tanto duro.

–Faço meus planos com bastante antecedência, e se não forem impedidos por qualquer imprevisto, tudo corre calmamente.

–Vou esperar ansiosamente pela nossa grande aventura no Nepal– disse o professor–, e como o senhor sempre é bem-sucedido, *milorde*, espero que desta vez não se dececione.

–Duvido muito– replicou *Lord* Frome.

Chandra escutou os dois atravessarem o escritório dirigindo-se para o vestíbulo. Compreendeu que seu pai estava acompanhando o *Lord* até a porta de entrada.

Pensou em juntar-se aos dois, mas desistiu. Tinha a impressão de que ele não se interessava pela vida particular de seu pai, e tampouco fazia questão de conhecê-la.

Lord Frome não se preocupara por estar interrompendo a vida familiar do professor, se é que sabia de sua existência, ao ordenar aquela partida, quase que imediata para o Nepal.

Pela sua voz autoritária, deduziu que devia ser um homem habituado a dar ordens sem admitir réplicas. Evidentemente, sabia que o professor ficaria emocionadíssimo ao ouvir falar do manuscrito raro e até o momento desconhecido.

Contudo, poderia ter mostrado um pouco de humanidade, desculpando-se pelo transtorno que estaria causando a um homem idoso, tendo que abandonar sua casa na Inglaterra sem um aviso prévio de alguns dias.

Ao ouvir bater a porta de entrada, Chandra saiu da sala de visitas escura. O pai estava voltando para o escritório. Em seu rosto transparecia uma expressão de deslumbramento.

–Papai...– ele porém, a interrompeu.

–Pôde escutar o que foi dito, Chandra? Presumi que o fizesse na sala vizinha.

–Sim, papai. Estive ouvindo.

–Imagine! O *"Manuscrito Lótus"*! Sempre ouvi falar e sonhei com ele desde menino. Jamais pensei que o veria... que pudesse tê-lo em minhas mãos!

–Não pode ter certeza de que o encontrará, papai. Por favor, conte-me algo a seu respeito.

O professor deixou-se cair numa poltrona de couro desbotado e gasto, mas a mais confortável da sala.

–Segundo se supõe, o *"Manuscrito Lótus"*, como é conhecido na linguagem comum entre os estudiosos dos textos orientais, foi escrito por um dos discípulos de Buda enquanto ele ainda vivia. Nele estão narradas explicações, que não constam de quaisquer outros livros. Por ser tão sagrado para os adeptos de Buda, foi escondido logo após sua morte para evitar que caísse em mãos impróprias.

–Onde o esconderam?– perguntou Chandra.

–Pelo que sei, foi levado de uma lama para outra, carregado pelas montanhas e rios! Sempre foi tratado com grande reverência, contudo não permaneceu em nenhum lugar por muito tempo.

Graças aos seus estudos sobre o Oriente, Chandra sabia que isso era típico daqueles homens santos que sempre suspeitavam que algo de tão precioso pudesse ser roubado ou, o que era pior, dos inimigos de sua religião que desejassem destruir o que não compreendiam.

–Acredita realmente que uma coisa tão valiosa pudesse acabar num Convento *budista* do Nepal?– perguntou.

–Sabemos pela *Coleção Hodgson* quão inesperadamente importantes demonstraram ser as obras budistas, em sânscrito, no Nepal. Talvez esse convento, já não muito útil, pudesse ter tido no passado um abade encarregado de salvar o *"Manuscrito Lótus"*!

–Mas, papai, não vê que essa viagem será muito penosa? O senhor será forte o suficiente para empreendê--la? Para poder cavalgar pelas montanhas?

Como o pai não respondesse, prosseguiu:

–Sei que o senhor já fez isso no passado… mas era muito mais moço.

–Ainda não estou senil– replicou o professor, rispidamente–, não vejo nenhum motivo para não tornar a fazer o que fiz inúmeras vezes no passado.

Pela expressão do pai, compreendeu que ele estava enlevado pela ideia daquela viagem, e não adiantava tentar dissuadi-lo. Em vez disso, o melhor que teria a fazer para auxiliá-lo era supri-lo de todo amor e conforto. Aproximou-se dele e beijou-lhe a testa.

–Será muito emocionante, papai. Gostaria de poder ir com o senhor.

–Eu também, querida. Para ser franco, sentirei sua falta.

Chandra sabia que era verdade. Ele a sentiria, não só porque se habituara a ser cuidado por ela, mas por confiar no trabalho que faziam juntos.

–Sei que se arranjará sem mim– disse ela em voz alta, para inspirar-lhe confiança–, só que existe uma dificuldade... o que eu vou viver, enquanto o senhor estiver fora?

Julgou que seu pai lhe diria que não desejava ser importunado com raiz banalidades, mas ele respondeu:

–É evidente que não ouviu o que o *Lord* Frome me disse ao sair do escritório.

–O que foi, papai?

–Disse: "Esqueci de mencionar, professor, que insisto em pagar muito bem pelos seus serviços. Eis aqui um cheque de seiscentas libras, e haverá um outro da mesma importância para quando voltar com o manuscrito, e nele começar a trabalhar".

–Mil e duzentas libras! Mal posso acreditar, papai!

–Parece uma quantia enorme– retrucou o professor–, mas enquanto isso... haverá despesas, e evidentemente ignoramos quanto tempo levarei para traduzir o manuscrito.

No momento, Chandra estava disposta a dispensar tudo aquilo como desnecessário. O que importava era poder pagar as contas na aldeia, e também que Ellen e ela sobreviveriam enquanto seu pai estivesse fora. Enlaçou o pescoço dele, dizendo muito animada:

—Isso é realmente maravilhoso, papai! Estive justamente pensando, ao voltar da aldeia, como poderia dizer-lhe que o Sr. Dart, pediu-me para que pagasse alguma coisa por conta de nossa dívida tão antiga.

—Agora pode pagar tudo!— respondeu ele—, e também aos outros negociantes aos quais estamos devendo.

—Temos muitas dívidas— observou Chandra com um sorriso, sabendo o quanto seu pai era desligado dessas coisas—, mas agora está tudo ótimo. Vou correndo contar a Ellen.

Ellen fora criada de sua mãe. Depois que ela morrera, passara a cuidar dos dois. No momento encontrava-se na cozinha preparando sanduíches de pepino, os prediletos do professor, e fervendo água para o chá. Sua expressão demonstrava que ela estava preocupada com os problemas domésticos.

— Ellen, o que pensa disso?— perguntou Chandra, ao entrar na cozinha.

—O que penso, Chandra? Que está atrasada para o chá, e que temos uma visita.

—A visita já foi, mas deixou um cheque de seiscentas libras!

—Ora, Chandra. Não quero saber de suas brincadeiras. A falta de dinheiro não é assunto para caçoadas.

—Não estou brincando! Estou rindo porque é verdade, Ellen! Quem nos visitou foi *Lord* Frome, e deixou um cheque de seiscentas libras como pagamento, para que papai vá com ele para o Nepal.

Ellen largou a faca de pão e olhou para Chandra, como se ela tivesse perdido o juízo. Disse, logo em seguida:

—Ir para o Nepal? Sabe que isto é impossível!

—É verdade, Ellen. Papai concordou em ir. Aliás, é o que ele mais deseja na vida! Você acha que será demais para ele esta viagem?

—Não só é demais, como poderá até provocar a morte dele... isso é o que vai acontecer! Não concorda comigo?

Como Chandra não respondesse, ela continuou:

—Sua mãe me disse, inúmeras vezes, que essas viagens demoradas para os países bárbaros acabariam por matar o professor antes do tempo. Como pensa que ele possa sair por aí vagabundeando, nesta época de sua vida?

Chandra pareceu ficar impressionada.

—Bem que pensei que pudesse ser demais para ele, mas está tão emocionado com a ideia, e decidido a ir. Imagine só, Ellen. Agora podemos pagar todas as dívidas. Ainda esta tarde, o Sr. Dart perguntou-me se poderia dar alguma coisa por conta, e eu lhe disse que falaria com papai, mas sabia que não havia nenhuma esperança de saldar essa dívida. E agora temos dinheiro!

—O dinheiro não é tudo, Chandra!— observou Ellen, tornando a cortar fatias de pão—, seu pai é um homem doente, embora não queira admiti-lo.

Chandra sentou-se perto da mesa.

—Se ele não for, teremos que devolver o dinheiro a *Lord* Frome, e então como vamos viver?

—Não sei, e isso é um fato. Sei que seu pai não está bastante forte para subir montanhas. Sua mãe sempre me disse que aquelas febres o haviam deixado tão fraco quanto uma criança, e que atacaram o coração dele.

—Você está me assustando, Ellen.

—Alguém tem que ter a cabeça no lugar nesta casa!— assim falando, colocou as sanduíches num prato e pegou a bandeja já arrumada com uma toalha de renda e um lindo aparelho de chá. Ellen sempre fazia tudo como quando a mãe de Chandra era viva.

Carregando a bandeja, Ellen foi na frente e Chandra a seguiu. Foi só quando chegaram ao vestíbulo que ela se adiantou para abrir a porta do escritório.

Seu pai estava sentado do mesmo modo como quando o deixara, e um sorriso pairava em seus lábios demonstrando o quanto estava feliz por tudo aquilo.

—Aqui está seu chá, professor— disse Ellen, colocando as coisas numa mesa ao lado dele.

—Obrigado, Ellen. Espero que Chandra já lhe tenha contado as notícias emocionantes.

—São realmente emocionantes— respondeu ela—, mas já imaginou o quanto exigirão de suas forças?

—Estive pensando que será uma das viagens mais excitantes que empreendi em toda a minha vida— disse satisfeito.

—Estive calculando, professor— continuou Ellen, como se ele não tivesse falado—, que há quase dez anos, o senhor partiu numa viagem desse tipo. Caso se lembre, foi para Sikkim.

–Lembro-me perfeitamente! Foi uma excursão muito interessante, mas não muito compensadora– ergueu o olhar para Chandra, dizendo–, deve estar lembrada de que eu trouxe algumas pequenas obras budistas, que atualmente estão no Departamento da Biblioteca da Índia. Não eram, porém, tão antigas quanto eu esperava.

–Quando eu as li há alguns anos, não eram bastante antigas para serem realmente valiosas. Pelo menos, segundo a opinião de um colecionador.

–Isso foi há dez anos– insistiu Ellen.

–Está bem, Ellen! Há dez anos!– concordou o professor–, mas ainda estou bastante jovem para ir até o Nepal.

–Espero que pense assim, quando chegar lá, professor, àquela terra perigosa e sem conforto!

Ellen manifestou-se asperamente, e como se não pudesse continuar a falar sem dizer coisas das quais se arrependeria, depois retirou-se impulsivamente.

–Coitada da Ellen...– disse o professor sorrindo–, sempre quis mimar-me, tal qual sua mãe. Você é mais razoável, querida. Compreende que esta é a oportunidade de minha vida e nada me fará perdê-la.

–Entendo, papai, e devo admitir que eu mesma me sinto entusiasmada com o tal *"Manuscrito Lótus".*

–Você vai traduzi-lo! Talvez ele venha ser a única obra em sânscrito que realmente conquiste o espírito do mundo moderno!

Chandra sabia quão insignificante era o interesse despertado pelo trabalho de seu pai. Para ela significava beleza, pensamentos inspiradores, que poderiam estimular e enaltecer as mentes daqueles que o compreendiam. Para muitos, suas obras representavam apenas "velhos livros empoeirados".

Acariciando a cabeça de Chandra, ele falou:

—Tem sido uma boa filha para mim, desde que sua mãe morreu. Ter você comigo me ajudou muito.

—Estou muito contente com isso, e apesar do que Ellen possa dizer, o senhor deve fazer a viagem. Vai se sentir tal qual Jasão à procura do Velocino de Ouro, pois mesmo que não o encontre, haverá a emoção da busca.

Chandra observou um novo brilho no olhar do pai, e ele pareceu-lhe mais jovem. Pensou, então, que ao envelhecer, o que importa é a esperança; ela é melhor do que qualquer tônico que possa ser receitado.

Beijou o pai e disse:

—Vou até o sótão buscar as coisas que mamãe e eu guardamos quando o senhor voltou da viagem a Sikkim. Devem estar perfeitas, pusemos bastante naftalina. As roupas devem servir, afinal, o senhor não engordou tanto assim.

—Não. Ainda sou magro e não será difícil para um cavalo carregar-me pelas montanhas.

—Quero que o senhor faça um diário durante a viagem. Embora tenha sido deixada para trás, eu vou sentir que viajei com o senhor quando ler suas memórias.

—Está bem. Você não poderia ir mesmo. Não é o tipo de viagem conveniente para uma mulher.

—Não foi o que disse quando mamãe insistiu em acompanhá-lo a Sikkim. Não se esqueça de que também fui com você à Índia, e aquele verão estava quentíssimo.

—Sim, apesar da idade, você esteve ótima.

Já na porta, ela parou e disse baixinho:

–Suponho que não adianta perguntar a *Lord* Frome se posso acompanhá-lo? Afinal, alguém tão importante quanto o senhor tem o direito a um auxiliar. Se quiser, posso ser sua criada particular...

–Passei a vida inteira sem nenhum!– respondeu ele rindo–, gostaria muito de ter você como auxiliar, mas seria uma perda de tempo perguntar isso justamente a Frome.

–Porquê... justamente a Frome?

–Por ter a reputação de inimigo das mulheres. Já ouvi várias histórias a esse respeito. Dizem que começou a viajar pelo mundo por sofrer de um mal de amor.

–Que coisa fascinante! E o senhor sabe quem lhe causou esse *"mal de amor"*?

–Não tenho a mínima ideia– respondeu o professor–, tudo que sei é que ele é um homem orgulhoso, impetuoso, e que raramente se preocupa em tornar-se simpático, pelo menos no que se refere às mulheres.

–Há quanto tempo o conhece, papai?

–Há muitos anos, e nossos caminhos se cruzaram em várias ocasiões. Lembro-me, de tê-lo encontrado na Índia, quando sua mãe me acompanhou. Ela não o apreciava.

–E por quê?– perguntou Chandra, interessadíssima.

–Julgava-o dominador, agressivo. Talvez ele fosse, naquela época.

–E agora?

–Já não precisa ser agressivo, mas é dominador por si mesmo.

–Está descrevendo-o de modo muito eloquente! Continue!

—Realmente, não sei mais o que lhe dizer— respondeu o pai—, *Lord* Frome recebeu seu título ainda muito jovem, mas não costuma usá-lo. Prefere ser chamado Damon Frome, salvo quando deseja prevalecer-se dele para fazer o que quer. Creio que foi o que fez, para conseguir entrar no Nepal.

—E por que esse interesse especial por um idioma tão antigo como o sânscrito?

—Não faço ideia!— respondeu o pai, sacudindo os ombros—, é certamente um interesse estranho para um homem tão jovem; não há dúvida de que, no passado, colecionou inúmeros manuscritos extraordinariamente valiosos. A maioria veio do Tibete e, como você sabe, durante todos estes anos, *Lord* Frome me enviou uma grande quantidade para traduzir.

—E uma vez traduzidos, o que o *Lord* faz com eles?

—Ele os publica, e eu recebo uma certa quantia dos direitos dos livros vendidos.

—Parece-me ser um tanto misterioso. Que idade tem ele, papai?

—Uns trinta e poucos— disse o pai, encolhendo os ombros—, é desses homens que poderia ter qualquer idade, mas calculo que seja ainda bastante jovem, pois quando o conheci era apenas um menino.

—E é rico?

—Creio que é muito rico. A maioria dos homens de sua idade se diverte frequentando clubes sociais e de *hipismo*, tentando ganhar o prêmio Derby ou praticando *iatismo* em Cowes.

—Oh, papai! O senhor é tão engraçado! Comporta-se como se vivesse com a cabeça nas nuvens, mas quando entra no assunto, sabe muito mais sobre o mundo social do que aparenta.

—Um mundo que não me interessa! Sua mãe, teria se divertido nele, quando éramos jovens, embora eu não pense que lhe tenha feito falta.

—Ela não sentia falta de nada quando estava com o senhor. Se o senhor lhe tivesse pedido para morar na Lua, ela iria viver lá muito feliz!

—É verdade— concordou ele—, embora tenhamos passado por muitas privações, sempre conseguimos zombar da vida, porque nos sentíamos felizes estando juntos.

—Eu também, não se esqueça!— lembrou-o Chandra num tom carinhoso.

—Sei disso, minha querida, e achávamos você a criança mais encantadora que duas pessoas podiam ter tido, embora um pouco dececionados, por termos apenas uma.

—Certamente não poderia ter levado mais de uma pelos desertos, através da Índia e de todos os lugares que visitamos— observou Chandra.

O professor suspirou.

—Sinto-me sempre feliz por sua mãe ter passado os últimos anos aqui. Ela desejava tanto ter um lar…

—E mamãe soube torná-lo muito feliz— acrescentou Chandra—, sempre que entro em casa, parece-me ouvi-la perguntar; "É você, filha"?

Ao ver os olhos do pai enevoados, arrependeu-se de ter falado.

–Você ficará bem, quando eu partir?– perguntou ele de repente.

–Claro, papai. Ellen estará comigo.

–Espero não demorar demais.

–Também espero, papai. Sentirei sua falta, por isso, quero que me deixe bastante trabalho para eu me distrair. Sei que ainda restam os últimos manuscritos da Sociedade Real Asiática, mas sem o senhor não será a mesma coisa.

O professor levantou-se.

–Se fosse qualquer outro que não Frome, não ligaria para as consequências, e exigiria que você nos acompanhasse, mas ele é um homem tão imprevisível! Talvez respondesse que arranjaria uma outra pessoa qualquer.

–E isso partiria seu coração!– exclamou Chandra–, não faz mal, papai. Eu o seguirei em pensamento e rezarei para que encontre o *"Manuscrito Lótus"*, trazendo-o ao voltar, para que eu o veja.

–E então, com as outras seiscentas libras no bolso, festejaremos, e você terá tudo quanto deseja. Prometo-lhe!

Chandra levantou-se para abraçar e beijar o pai.

–Papai, o senhor se cuidará? Ficarei muito aflita, com Ellen preocupando-se o tempo todo com o senhor.

–Por ela, eu já estaria numa cadeira de rodas. As mulheres, seja qual for a idade, gostam de ter um inválido com o qual possam fazer-se de valentonas.

Chandra riu, e depois disse:

–Agora vou até o sótão, e posso apostar que Ellen já estará lá. Ela resmunga mas, no fundo do coração, sente-se orgulhosa de tudo o que o senhor faz! Ela é igualzinha a mim!

—Era o que sua mãe costumava dizer. Gostaria tanto de encontrar o *"Manuscrito Lótus"*, unicamente por que ela teria ficado tão satisfeita!

—Se o senhor de fato o encontrar, acreditarei que foi mamãe quem o auxiliou.

Assim falando, dirigiu-se decididamente para a porta, sabendo que, embora sentisse um prazer imenso em conversar com o pai, tinha muito o que fazer para aprontar sua mala de viagem.

Ao subir a escada, pensou no quanto seria divertido ir com ele, como já o fizera anteriormente. Lembrou-se de como eram alegres aquelas aventuras, até mesmo quando resultavam em catástrofes, como no dia em que as mulas, carregadas de objetos preciosos, despencaram no precipício e tudo se perdera em baixo, no vale.

Lembrou-se também de situações que fariam uma pessoa chorar, mas sua mãe as enfrentava com um sorriso, sempre alegando que poderia ter sido pior, ao saírem ilesos de um acidente. Era ela quem proporcionava conforto a seu pai, nos lugares os mais incríveis.

Ela o envolvera numa aura de amor que, apesar das vicissitudes, tornara impossível outro sentimento que não fosse a felicidade. Pensou que, desde que a mãe morrera, ela e Ellen tinham cuidado dele. Julgava que o pai, não se teria arranjado sem elas.

Sabia que aquela viagem ao Nepal não só o faria feliz, mas representava a solução imediata para seus problemas financeiros. Disse a si mesma, que aquela excursão, no momento, era providencial.

Dirigiu-se ao seu quarto, tirou o chapeuzinho que estava usando e atirou-o para uma cadeira. Estava ainda muito quente para vestir um casaco. Olhando para o vestido, achou-o desbotado e na realidade muito surrado.

Tinha sido bom não ter entrado no escritório para falar com *Lord* Frome! Quem sabe se não pensaria em pagar menos ao professor, por ser óbvio que eles passavam dificuldades? Bem que *Lord* Frome poderia ter se aproveitado da pobreza deles...

Em seguida, disse a si mesma que estava atribuindo qualidades injustas ao homem que devia considerar um benfeitor. Afinal, mostrara-se generoso, ao prever que seu pai necessitaria de dinheiro na viagem de trem através da Índia. Sorriu, ao reconhecer que ela o julgara mal, simplesmente porque *Lord* Frome era o tipo de homem ao qual seu pai não poderia pedir um favor.

—Ele está afastando papai de mim. Creio que, na realidade, eu o odeio por isso!– disse à sua imagem refletida no espelho.

Ao ver-se tão séria, sorriu e disse em voz alta:

—Um inimigo das mulheres! Se não fosse isso, poderia ter causado uma transformação em minha vida!

CAPÍTULO II

Chandra, desceu carregando ainda mais coisas para juntar às outras já empilhadas no vestíbulo. Sempre julgara ser mais fácil viajar com poucas malas, mas agora descobrira que seu pai precisava de tantas coisas, que chegara a arreliá-lo dizendo que necessitaria de um elefante especial para transportá-las.

Evidentemente, algumas eram essenciais para seu trabalho, e sem elas sentir-se-ia perdido. Da mesma forma, jamais pensaria em ausentar-se sem levar determinados livros que desejava ler. Decidira aprender bastante sobre o Nepal, antes de chegar lá.

Era uma das regiões do Oriente que ele não visitara no passado, e por isso ela e o pai se entusiasmavam pelo que poderiam aprender nos inúmeros livros que enchiam as prateleiras do estúdio. Era evidente que muitos estavam desatualizados, mas havia um grande número dos que se relacionavam com a história antiga da monarquia do Nepal.

Ficaram sabendo que, desde 1857, o poder permanecera nas mãos do Primeiro-Ministro, ao passo que o Rei era o Chefe simbólico do país.

Aquilo tudo era fascinante, mas Chandra tinha consciência do muito que ainda lhe restava fazer, e limitava-se a passar os olhos por aqueles livros e ouvir o que o pai lhe contava à noite, após terminar seu trabalho.

Ao aproximar-se a hora da partida, viu-se pensando continuamente na ansiedade de Ellen relativa a seu pai e, embora ela não fizesse comentários, sabia que a velha empregada não julgava provável que ele sobrevivesse àquela viagem.

Chandra sempre se dirigia à mãe mentalmente, pedindo-lhe um conselho:

«O que devo fazer? Sabe o quanto papai deseja encontrar o *"Manuscrito Lótus"*... e precisamos tanto de dinheiro! Foi realmente uma dádiva divina, *Lord Frome* ter aparecido no momento exato». Tinha a impressão de que a mãe a compreendia, mas continuava sentindo dúvida de estar agindo corretamente ao deixá-lo partir.

Não tinha ilusões de impedi-lo, pois sabia que a mãe fora a única, que tivera esse poder. Repetia incessantemente; «ele irá, mesmo que isso o mate!». Logo depois, pensava que se isso acontecesse, ele teria a morte que sempre desejara.

Tudo estava pronto para a grande viagem ao Nepal. O dia seguinte seria o último que passariam juntos, e ela queria aproveitar cada momento em companhia do pai, antes de partirem muito cedo para o porto de *Southampton*. Decidira acompanhá-lo a bordo para ver se estaria confortavelmente instalado. Colocaria algumas rosas na cabine, para que ele se sentisse em casa, na travessia da *baía de Biscaia,* onde o mar era sempre agitado.

Dirigiu-se ao escritório e, conforme esperava, encontrou o pai trabalhando.

—O que está fazendo?— perguntou-lhe.

—Estou aprimorando meus conhecimentos do idioma nepali.

—Por quê? É diferente do urdu?

—A língua *newar*i está relacionada com a tibetana— respondeu o professor—, e conserva uma característica monossilábica. Não possui uma escrita individual, mas adotou o sânscrito, modificando-o de acordo com suas necessidades.

—Creio que já sabia isso... mas achará difícil compreender o *newari*?

—Espero que não. Como você sabe, falo tantos idiomas e dialetos diferentes, que conseguirei fazer-me entender.

Chandra inclinou-se por cima do ombro dele, para ver o que estava escrevendo. Verificou que estava traduzindo frase comum, que teria de empregar. Pediu-lhe para ensiná-la a pronunciar umas duas, repetindo-as em seguida.

—Não é difícil demais, porque podemos entender o sânscrito, mas julgo que uma pessoa que desconhecesse totalmente a língua e o país acharia extraordinariamente custoso.

Chandra suspirou e disse:

—Oh, papai, como gostaria de ir com o senhor! Poderíamos fazer tantas coisas, e seria tão divertido.

—Sei disso, querida, mas garanto-lhe que *Lord* Frome se horrorizaria com essa ideia! Certamente contrataria outra pessoa e pediria seu dinheiro de volta.

—Não imagine tal coisa!— disse ela, juntando as mãos horrorizada—, toda a aldeia está em festa, porque pagamos nossas dívidas! Há anos que eles não se sentiam tão ricos!

—Foi uma sorte eu não precisar comprar um equipamento novo— observou o professor—, assim não terei que me preocupar com o dinheiro para você e Ellen, enquanto estiver ausente.

Passando um dos braços à volta de seus ombros, ela pediu:

—Papai, pare de trabalhar. Quero que a gente passe juntos, todos os momentos que nos restam até amanhã. Vamos ao jardim. O dia está agradável e o ar lhe fará bem.

—Está bem, meu amor. Vou apenas colocar estes livros na estante, para encontrá-los quando precisar.

—Vou ajudá-lo— prontificou-se Chandra.

Assim falando, apanhou alguns livros que seu pai deixara sobre a mesa.

Dirigiu-se para as estantes e tentou arrumá-los numa ordem que facilitasse encontrá-los quando precisasse. Ajeitou em seus devidos lugares os que havia carregado, e virando-se, viu o pai subindo na escada, a fim de colocar na parte superior da estante alguns livros que estivera lendo.

—Papai, deixe-me fazer isso.

Entretanto, o professor já atingira o degrau mais alto e estava enfileirando-os, mas ao colocar o último, murmurou algo que Chandra não conseguiu ouvir. Virando-se para interrogá-lo, viu que ele estava oscilando.

–Papai!– Chandra gritou vendo que ele estava caindo. O pai tentou agarrar-se a um lado da estante, mas seus pés foram resvalando pelos degraus, e seu corpo escorregou até o chão.

Na queda, puxou Chandra com ele, o que certamente diminuiu o impacto.

–Meu Deus!– exclamou ela, assustada, vendo que seu pai estava de olhos fechados e respirava ofegantemente levando a mão à altura do coração.

Compreendeu logo o que acontecera; seu pai sofrerá um ataque cardíaco.

Com dificuldade, conseguiu colocá-lo numa posição mais cômoda, com uma almofada por baixo da cabeça. Correu até a porta e gritou:

–Ellen! Ellen!– seus gritos repercutiram pela casa.

A velha veio correndo da cozinha.

–O que aconteceu, Chandra?

–É papai! Creio que teve um ataque cardíaco. Precisamos mandar chamar o médico.

–O menino da mercearia ainda está lá nos fundos. Vou mandá-lo imediatamente– saiu correndo e Chandra voltou para o lado do pai.

Compreendeu que pouco podia fazer. Desabotoou o colarinho e abriu a camisa, procurando ouvir as batidas do coração. Inexperiente, não percebeu que estavam irregulares, mas pelo menos sentiu que estava vivo. No momento era tudo o que importava.

Duas horas mais tarde o médico desceu a escada acompanhado por Chandra.

–Seu pai é um homem de sorte– observou ele–, o ataque não foi dos mais graves, mas apenas um aviso para ter mais cuidado no futuro.

Ao chegarem em baixo, ele viu a pilha de malas.

–Receio que seu pai ficará decepcionado por não poder viajar. Sei que ele pretendia ir para o Nepal. É evidente que uma viagem desse tipo é impossível.

Chandra não respondeu e, após uma pausa, o médico acrescentou:

–A não ser que ele possa passar o inverno num clima mais quente, como, por exemplo, o do sul da França– sorrindo, pegou o braço da moça–, Chandra, sei que isso é impossível, mas acabei de prescrever esse tratamento para o nosso governador do condado.

–*Lord* Dorritt está doente?– perguntou Chandra.

–Ele sofre de uma mistura de opulência e ociosidade– respondeu o médico com um sorriso–, embora eu talvez esteja sendo indiscreto ao dizê-lo.

–Isso é uma coisa da qual não pode acusar papai.

–Não, e é uma pena que não possamos mudá-las. Se seu pai pudesse passar o inverno num lugar quente e ensolarado e *Lord* Dorritt tivesse tanto trabalho quanto o professor, talvez fossem homens mais saudáveis e vivessem mais tempo.

Chandra respirou fundo, dizendo em seguida:

–Tenho algo a sugerir-lhe...

Foi só depois que o médico se retirou que Chandra subiu ao quarto do pai, parecendo um pouco apreensiva.

O professor estava recostado nos travesseiros, e ela já sabia o que seu pai começava a dizer-lhe:

—Se esteve ouvindo aquele velho tagarela— começou ele num tom ameaçador—, e pretendem impedir minha viagem, podem poupar suas palavras!

Chandra puxou uma cadeira e sentou-se ao lado da cama.

—Papai, o senhor não vai para o Nepal, mas sim para Cannes.

—Cannes?!... O que está querendo dizer?

—Estive conversando com o Dr. Baldwin. Ele conhece uma pensão modesta, mas encantadora, na qual o senhor e Ellen ficarão felizes e bem instalados. Conhece também um médico, que poderá tratá-lo.

—Creio que você enlouqueceu! Vou para o Nepal, e ninguém, nem você ou Baldwin, poderá impedir-me!

Vendo que Chandra não respondia, continuou:

—Não só porque aguardo essa viagem com ansiedade, para encontrar o *"Manuscrito Lótus"*, mas principalmente porque vocês precisam de dinheiro.

—Mas já temos o dinheiro.

—Dificilmente poderão conservá-lo, se eu não cumprir minhas obrigações— observou o professor.

—Ouça, papai— replicou Chandra inclinando-se e pegando a mão dele—, eu o amo, e não pretendo deixá-lo morrer em alguma montanha nepalesa. Sabe perfeitamente que no momento não poderia fazer a cavalo, uma viagem tão penosa, com o seu coração, nesse estado.

—Mas tenho que fazer esta viagem, Chandra!

–Não– contestou ela–, e já decidi tudo. Não vou permitir que arrisque sua vida pelo *"Manuscrito Lótus"*!

Forçando um sorriso acrescentou:

–Ele já existia há centenas de anos, e quer o encontre ou não, continuará existindo por mais dois mil!

–O que está tentando me dizer?– perguntou-lhe o pai, num tom mais fraco, como se esgotado, já não mais a desafiasse.

–O que decidi– respondeu Chandra calmamente–, ou seja, o senhor e Ellen irão para o sul da França, e eu para o Nepal.

–Vo… cê?!

–Por que não? Sabe tão bem quanto eu que posso reconhecer a época de um manuscrito tão bem quanto o senhor.

–Imagina, realmente, que Frome concordará em levá-la?

–Talvez possa recusar no último momento, mas se isso acontecer, eu já estarei na fronteira do Nepal. A não ser que ele vá sozinho, o que eu duvido, levará algum tempo para encontrar alguém tão experiente como o senhor… ou eu nesse assunto, e que possa acompanhá-lo.

Seu pai a olhava perplexo, e surpreendeu-a ao dizer-lhe reprimindo o riso:

–Não posso crer que algum dia Frome, tenha se encontrado numa situação tão complicada. Ao mesmo tempo, trata-se de algo que não podemos fazer.

–E por que não?

–Porque ele me pagou pelo meu serviço.

–Seja o que for que ele tenha pago, o senhor não está em condições de acompanhá-lo. Ora, papai, falando francamente, é impossível devolver-lhe o dinheiro, já gastamos tudo pagando nossas dívidas.

O professor fechou os olhos por um momento, e Chandra sentiu que a mão dele, entre as suas, tornara-se flácida.

–Está errado, não podemos fazer isso...– murmurou o pai.

–Mas é algo que temos que fazer, e não permitirei que o senhor se aflija com tudo isso. Deixe tudo por minha conta, papai.

Enquanto falava, sentiu que ele afastava deliberadamente seus pensamentos do problema a ser enfrentado. Este era um antigo hábito, sempre que se encontrava numa situação embaraçosa, ou tendo que tomar uma decisão desagradável. Fora sempre uma fuga mental para encarar a verdade, agora, porém, era também uma evasão física.

Compreendendo que aquela crise cardíaca deixara-o exausto e portanto sem forças para discutir, nem mesmo argumentar, ela repetiu:

–Deixe tudo por minha conta–, sentindo que ele ia adormecer, beijou-o levemente na testa e puxou a cortina para escurecer o quarto.

Ao descer, encontrou por parte de Ellen uma objeção ainda mais forte aos seus planos.

–Se acredita que pode ir sozinha para essas terras pagãs e exóticas, que motivaram a doença de seu pai, está muito enganada!

–Claro que posso ir e vou! Você e ele passarão otimamente no sul de França. O Dr. Baldwin me garantiu que papai será uma outra criatura no fim do inverno.

–E o que você estará fazendo? Gostaria de saber.

–Estarei fazendo jus às seiscentas libras que *Lord* Frome entregou a papai, e que não estamos em situação de devolver.

–Nenhuma moça decente sai por aí sem a companhia de uma senhora para protegê-la!– disse Ellen, irritada.

–Não pode imaginar que eu contrate uma governanta para cavalgar pelas montanhas! Mesmo se quisesse, onde iria encontrar uma bastante corajosa para acompanhar-me?

Ellen resmungou alguma coisa suspirando, e Chandra, que sabia como manejá-la, abraçou-a dizendo:

–Não se preocupe, posso tomar conta de mim, fique sabendo! Além do mais, *Lord* Frome vai mandar um de seus criados para receber papai em Bombaim. Ele se encarregará da bagagem.

–Isso é uma suposição!– concordou Ellen, conhecendo a eficiência dos empregados indianos de certa categoria–, mas você é demasiadamente jovem, para ficar sozinha com *Lord* Frome.

–Não precisa preocupar-se a respeito de "Sua Excelência"...– observou Chandra, com um sorriso–, papai me contou que ele é um inimigo das mulheres, e espero que tenha um ataque ao ver-me!

–Pois pareceu-me um cavalheiro bastante distinto, quando fui recebê-lo na tarde que esteve aqui, mas nunca se sabe...

—Se ele me atacar, o que é completamente improvável, poderei matá-lo com o revólver de papai. Sei que o colocou na mala.

—Ora, Chandra, não permito que fale desse jeito. Não é decente e nem adequado, e sabe que tenho razão. Telegrafe para *Lord* Frome, avisando que seu pai adoeceu. Afinal, é a única coisa que pode ser feita.

—E se o fizer— revidou Chandra—, deverei adicionar um pós-escrito, dizendo:

"Desculpe. Não podemos devolver o dinheiro. Gastamos quase tudo pagando nossos credores."

Ellen não respondeu a essa provocação e Chandra prosseguiu:

—E o que acha de papai ir para o sul da França? O Dr. Baldwin afirmou que é disso que ele está precisando. Você sabe tão bem quanto eu que a tosse que ele teve no último inverno será péssima para o coração.

Atirando o pano que estava segurando sobre a mesa, Ellen disse:

—Não sei onde este mundo vai chegar! Não sei mesmo!— falou isso asperamente, e Chandra compreendeu que havia vencido.

Todavia, uma coisa era convencer o pai e Ellen de que deveria ir para o Nepal, mas outra coisa muito diferente era partir sozinha. A ideia era estimulante, mas a deixava nervosa. A viagem, propriamente, não a alarmava. Fizera muitas durante a infância, e a última há cinco anos, quando então sua mãe morrera. Visitara todas as partes do mundo, e as mais estranhas nações e diferentes lugares.

O que a deixava nervosa era pensar que ao chegar àquela terra emocionante, que tanto desejava rever, *Lord* Frome não se convencesse de que deveria deixá-la substituir seu pai.

Ao tornar a conversar com o Dr. Baldwin no dia seguinte, ficou sabendo que, para seu pai recuperar a saúde, necessitava não só de um bom clima, mas de uma alimentação melhor do que aquela que lhe fora ministrada nos últimos meses. Ellen era uma boa cozinheira, mas não podia cozinhar o que não podiam dar-se ao luxo de comprar.

Todavia, fizera verdadeiros milagres com ovos e verduras. O médico, porém, insistia em alimentos demasiadamente caros para serem comprados regularmente.

Chandra viu-se pensando nas seiscentas libras prometidas por *Lord* Frome, como remuneração ao trabalho de seu pai, caso encontrassem o antigo manuscrito. Com esse dinheiro no banco, poderiam comprar tantas coisas!

Ela era, porém, bastante sensata, para compreender que as primeiras seiscentas libras terminariam no fim do inverno.

Repetia, intimamente...«*Lord* Frome tem que me levar!».

Sentia uma sensação desagradável ao lembrar-se de sua voz dura e autoritária. Tinha a certeza de que ele era um homem que só pensava em si mesmo, sem muitos escrúpulos, e se assim lhe conviesse, ele a mandaria de volta imediatamente!

A questão toda era ele a achar tão indispensável quanto seu pai.

«Terei que convencê-lo», pensava Chandra. Contudo, desesperava-se ao sentir que seria incapaz de fazê-lo acreditar em sua habilidade como especialista em sânscrito.

Afinal, partir fora bem mais fácil do que imaginara, porque seu pai desistira de discutir o caso com ela. Sabia que isso ocorrera por ele se sentir mais enfermo do que desejava admitir. Portanto, era mesmo completamente impossível ao professor fazer uma viagem tão árdua no momento.

Talvez houvesse tentado protestar mais uma vez, mas Chandra dissera-lhe calmamente:

–Só existem três coisas que podemos fazer, papai, telegrafar para *Lord* Frome, avisando-o de sua doença e portanto, da sua impossibilidade de ir ao seu encontro. Neste caso, seríamos obrigados a devolver-lhe o dinheiro... ou posso ir em seu lugar, e caso ele se recuse a levar-me para o Nepal, a culpa será só dele, e não sentirei remorso por não lhe devolver o dinheiro que já nos deu.

–E qual é a terceira alternativa?– perguntou-lhe o pai.

–Nenhuma, a não ser que o senhor tenha uma ideia brilhante.

Um sorriso apagado pairou nos lábios do professor.

–Por uma vez, você me apresenta um enigma para o qual não tenho resposta. Talvez a sua segunda ideia seja a melhor.

–É justamente isso que estive dizendo a mim mesma. Caso "Sua Excelência" se mostre desagradável, só poderei dizer-lhe humildemente, que tentamos ajudá-lo, e se fracassamos não é nossa culpa.

Entretanto, pela expressão do pai, compreendeu que ele não supunha que *Lord* Frome aceitasse aquele argumento.

Quando o navio partiu do porto de *Southampton,* Chandra teve a impressão de que a cada milha marítima ela se aproximava mais de um homem sinistro e assustador, que acabara por dominar seus pensamentos.

Antes de sair do lar paterno, estivera tão ocupada que não encontrara tempo para pensar senão em seu pai, e nela mesma. Ellen também só se preocupara em separar algumas coisas que pertenciam ao equipamento de viagem do professor, que guardara com tanto cuidado. Mostrara-lhe também alguns vestidos que tinham pertencido à sua mãe, mas como Chandra crescera nos últimos cinco anos, não lhe serviam perfeitamente.

As roupas de montaria e botas pareciam feitas para ela. Eram de um tecido ótimo, e deveriam ter custado muito mais do que seu pai atualmente teria condições de pagar.

–O resto de seus vestidos está num estado lastimável!– dissera-lhe Ellen desesperada.

–Julgo que não será provável ter que usar qualquer coisa atraente– respondera-lhe Chandra–, é evidente que os vestidos de mamãe estão completamente fora de moda.

Sorriu e acrescentou:

–Não que isso seja importante no Nepal…

Tinha para si mesma a ideia de que *Lord* Frome não gostaria que ela parecesse feminina ou agisse com feminilidade. Julgou que as botas e as saias até os tornozelos, adequadas para caminhar pelas montanhas, seriam muito mais do gosto dele do que os vestidos cheios de rendas e babados.

Lembrava-se ainda de tê-los visto nas *Mem-sahibs*, título dado pelos indianos, às esposas dos cavalheiros ingleses e europeus em geral, quando elas os vestiam à noite.

Durante o dia, usavam os de musselina, mais alegres e vaporosos.

Ellen não se cansava de repetir as mesmas palavras, relativas às coisas horrorosas que poderiam acontecer com Chandra.

Não eram apenas os perigos nas altitudes das montanhas e as feras, o que mais a preocupava, era a existência de certos homens atraídos por uma moça indefesa e à mercê deles, sem a companhia de uma pessoa mais velha.

—Eu já lhe disse, Ellen, que os afastarei com o revólver de papai.

Sua fiel empregada não se resignava, a pensar em sua menina, inocente como uma criança recém-nascida, partindo sozinha e encontrando só Deus sabia que espécie de homens naqueles países exóticos!

—Ellen, no Nepal não existem europeus, porque lhes é proibida a entrada. Só haverá o oficial britânico da colônia, que certamente será um velho de barba branca, e *Lord* Frome, o inimigo das mulheres. Em vez de preocupar-se com eles, deveria esperar que eu possa encontrar o príncipe encantado cavalgando pelas montanhas!

—Sempre esperei que algum dia encontrasse um jovem cavalheiro honesto, com um pouquinho de dinheiro para proporcionar-lhe uma vida feliz. Mas, provavelmente, não o achará no Nepal.

Rindo, Chandra replicou:

—Deve pedir a papai para lhe mostrar um mapa. Será então capaz de me imaginar cercada por uns homenzinhos escuros, aos quais parecerei tão esquisita quanto eles a nós?

—Não sei o que sua mãe diria!— exclamou Ellen, conforme já fizera milhares de vezes, mas Chandra sabia que a conversa estava terminada.

Ao chegar a hora da despedida, admirou-se por chorar. Teria sido tão emocionante se partisse com o pai, contudo, era bem diferente deixá-lo para trás, sabendo que ficaria sozinha durante a longa viagem por mar. O pior seria cavalgar por caminhos empoeirados desde Bombaim, até a fronteira nepalesa!

A única coisa que não preocupara seu pai era o fato de ela viajar sozinha. Achava natural a ideia de ela cavalgar no Himalaia, tanto quanto a de andar pelas ruas da aldeia. Ao contrário de Ellen, não lhe passava pela cabeça, o pensamento de que ela pudesse ser vítima da exótica sensualidade dos homens orientais.

Chandra, sabia que isso era porque para seu pai ela continuava sendo uma criança, por cuja inteligência ele se interessava, mas não pela sua aparência.

Na noite anterior à sua partida, Chandra sentara-se em frente ao espelho para olhar-se com espírito crítico. Concluíra que caso se comportasse serenamente, e "se fizesse respeitar", como diria Ellen, não haveria probabilidade de ser importunada por homens que dela se aproximassem por estar viajando sozinha.

Compreendia também, que as mulheres a olhariam sondando-a, sem se decidirem a conhecê-la. Foi então que teve uma ideia repentina.

Desceu para perguntar a Ellen:

–Ficaria mais feliz se eu viajasse como viúva?

–Viúva, Chandra?! O que quer dizer com isso?!

–É que está tão aflita porque não tenho uma companhia. Se fosse viúva, não precisaria de ninguém.

–Mas não é viúva, por isso essa hipótese é falha.

–O que me proíbe de fingir e usar a aliança de mamãe?... eu a encontrei na caixinha de joias, entre suas coisas.

–É a ideia mais ridícula que já escutei em toda a minha vida!– parou de repente–, mas... sabe que ela não é muito errada?

–Julgo-a até muito sensata– retrucou Chandra–, se alguém for bastante indelicado para perguntar minha idade, direi que tenho vinte e três. Com esta idade posso muito bem ter perdido meu marido num acidente.

Assim falando, sentou-se à mesa da cozinha com o queixo entre as mãos.

–Já sei!– exclamou–, serei a Sra. Wardell, e enquanto estiver a bordo, para todos os efeitos, fui casada com um filho de papai.

–Seu pai nunca teve um filho!– corrigiu-a Ellen.

–Sabemos disso, mas como as pessoas no navio nunca terão ouvido falar de papai, por que deveriam saber se ele teve um ou cinquenta filhos?

O argumento era irrefutável, e Ellen concordou finalmente que a aliança seria uma forma de proteção, mas não
se adiantaria a dizer de que espécie.

Desse modo, Chandra tomou o navio usando a aliança
de casamento de sua mãe, e explicando ao comissário
de bordo que estava substituindo o sogro, por ele estar
doente.

Sentiu-se plenamente satisfeita com a cabine de
primeira classe. Os camareiros foram muito delicados
dispondo a bagagem conforme ela desejava. Viajara dema-
siadas vezes em navios de segunda e terceira classe, para
não saber apreciar o que havia de melhor.

O que quer que acontecesse, até mesmo ser mandada
de volta por *Lord* Frome, valeria pelo menos ter a emoção
da viagem na lembrança.

Após a partida do navio, dirigiu-se ao salão de jantar e
observou seus companheiros com interesse.

Levariam dezassete dias para chegar à Índia . Sabia
que durante esse período, as pessoas para as quais estava
olhando permaneceriam fechadas num pequeno mundo,
no qual as emoções e paixões rotineiras do imenso universo exterior seriam representadas em miniatura.

Ocorreriam as amizades súbitas, as discussões violen-
tas. Haveria pessoas que se utilizariam dos relacionamen-
tos feitos a bordo, como meio de promoção. E também os
que se isolariam para não serem importunados. Haveria
ainda os que se apaixonariam e se desapaixonariam antes
mesmo de terminar a viagem.

Pensou consigo mesma que aquilo era uma coisa pouco
provável de acontecer com ela.

Como estava sozinha, fora-lhe reservado um lugar à mesa do Primeiro-Oficial. Não era tão importante quanto a do Capitão, destinada aos passageiros mais ilustres.

Viu-se em companhia de vários oficiais do Exército e suas esposas, regressando à Índia após uma breve licença passada com os filhos, que haviam permanecido na Inglaterra, e duas senhoras idosas que estavam indo encontrar-se com os filhos, que se casaram e se estabeleceram na Índia. Havia ainda um senhor um tanto velho, que poderia passar por um homem estudioso, embora ela não soubesse do quê, e dois oficiais aparentemente solteiros e disponíveis, mas não parecendo do tipo perigoso com que Ellen pudesse preocupar-se.

Logo após o jantar, Chandra voltou para a cabine. Ao tirar as coisas da mala, junto com os livros que trouxera, pensou que o melhor que teria a fazer, era concentrar-se no estudo da língua do Nepal, que seu pai lhe avisara, ser atualmente diferente, da que conhecera no passado.

Ocorreram tempestades fortes na *baía de Biscaia*. O tempo estava agradável no Mediterrâneo e excessivamente quente no mar Vermelho.

A comida, que de início fora saborosa, com o transcorrer dos dias, tornara-se sem graça e insossa, o que é uma característica dos alimentos conservados em congeladores, uma inovação que acabava de ser introduzida nos transatlânticos daquela companhia de navegação.

Embora os outros passageiros não a hostilizassem, também não se aproximavam para solicitar sua amizade, ou qualquer outra espécie de proposta que ela julgasse alarmante ou constrangedora.

Julgava que, por formarem uma multidão indefinível, ela também assim o devia ser.

Ao mesmo tempo que pensava isso, ao chegarem ao mar Vermelho, e vendo as estrelas brilhando sobre sua cabeça, sentiu que nada seria mais romântico, exceto alguém igualmente romântico ao seu lado.

Foi somente quando avistou o contorno do continente indiano que Chandra sentiu como se a introdução da peça terminasse, agora a cortina se abria para o próprio drama. Neste ponto, já não mais precisava passar por viúva, podia ser ela mesma, a filha do professor Barnard.

O primeiro passo era encontrar o empregado dele, sabendo o quanto são importantes para seus senhores na Índia. Por conseguinte, deveria tratá-lo com simpatia e diplomacia. A primeira impressão de *Lord* Frome, surgiria através de seu criado, ao qual julgava estar confiando seu pai.

Quando o navio atracou em Bombaim, verificou-se a habitual multidão colorida que esperava sua chegada, os gritos e ruídos provenientes das docas, e os barquinhos cercando o vapor, como se fossem peixinhos escoltando a baleia.

Chandra dirigiu-se para o escritório do comissário de bordo. Sabia que era lá que o empregado de *Lord* Frome perguntaria por seu pai, e o esperaria observando os que entravam e saíam do vapor.

Havia um verdadeiro caleidoscópio de cores. Uniformes vermelhos, túnicas eclesiásticas amarela, *saris*, turbantes de todas as tonalidades, e a confusão de milhares de vozes, igual à da Torre de Babel, que pareciam gritar em milhões de idiomas diferentes.

Chandra esperava e viu um homem, com um turbante de cores variadas, aproximar-se do comissário, e perguntar pelo professor Barnard Wardell.

Dando um passo à frente, ela indagou:

—O senhor veio da parte de *Lord* Frome?

Ele se inclinou tocando a testa com a mão.

—Sou Mehan Lall, digníssima senhora. Meu senhor enviou-me para buscar o professor Wardell

—Sou a filha dele— explicou Chandra—, meu pai está enfermo e vim para substituí-lo. Quer levar-me à presença de *Lord* Frome?

Observou a surpresa no rosto do indiano, e houve uma pausa antes de ele perguntar:

—*Mem-sahib,* deseja falar com *Lord sahib*? Ele não está em Bombaim!

—Sei disso. Deveria encontrar-se com meu pai em Bairagnia— ao vê-lo inclinar a cabeça concordando, acrescentou—, será lá que irei encontrar *Lord* Frome.

—*Mem-sahib* vai até Bairagnia?!

—Sim— respondeu Chandra com firmeza—, estou indo para o Nepal, a fim de substituir meu pai.

Os criados indianos obedecem às instruções, tal qual lhes são dadas, sem estarem preparados para discutir ou improvisar. Chandra sabia que, mostrando-se firme, ele obedeceria a suas ordens como se elas tivessem sido dadas por seu pai.

Sentia, porém, que estava preocupado e perturbado por ser ela uma mulher e não o cavalheiro que esperava encontrar.

Mehan Lall não manifestou seus receios, mas limitou-se a juntar sua bagagem, e em seguida ordenou aos carregadores que se apressassem a levar tudo. Saíram do porto numa carruagem aberta e confortável, evidentemente reservada antes que o navio atracasse.

Como ainda faltasse algum tempo para o trem sair, ele conduziu Chandra a um hotel de boa aparência para que descansasse e tomasse um chá.

Esse foi servido num saguão apinhado de gente, e com todos os requisitos do cerimonial inglês. Quando terminou, Mehan Lall pagou a conta, acompanhando-a até à carruagem que ficara esperando.

Ao passarem pelas ruas de Bombaim e vendo aquela multidão, Chandra lembrou-se da Índia, que conhecera com seu pai e sua mãe. Observou, porém, que a cidade passara por muitas mudanças. Surgiram muitos prédios novos, hotéis modernos, estradas melhoradas, mas basicamente a cidade, continuava na mesma.

Os indianos vestidos com suas tangas, as mulheres de *saris*, alguns maltrapilhos. Continuavam usando clipes no nariz, pulseiras nos tornozelos, turbantes, barretes, tudo exatamente como sempre fora. Ao chegarem à estação, ela teve a impressão de que nunca se ausentara.

Os mesmos trens imponentes com o vapor sibilando para o alto, o maquinista postado solenemente na cabine de sua locomotiva; o chefe de trem, inglês, parado à porta do carro de primeira classe e, finalmente, o agente da estação ferroviária na extremidade da plataforma vestido de azul-marinho, tal qual um Almirante.

Havia também passageiros ingleses iguais a ela, caminhando altivamente pela plataforma com seus criados e carregadores, que gritavam e afastavam os viajantes indianos, que lutavam para entrar no trem, apavorados com a ideia de que pudesse partir sem eles.

Conforme Chandra esperara, *Lord* Frome reservara para seu pai uma cabine de primeira classe, com um compartimento ao lado para os empregados.

Desembrulhou o acolchoado e o travesseiro que Ellen providenciara para seu conforto, e Mehan Lall entregou--lhe uma cestinha que certamente devia conter *whisky*, um refrigerante e sanduíches.

De acordo com o costume na Índia, os conquistadores do país eram cercados de todo o conforto, assim, Chandra limitou-se a dizer a Mehan Lall onde os carregadores deviam colocar algumas peças de sua bagagem, que seriam necessárias durante a viagem.

Quando o criado se retirou, após ter-se inclinado tocando a testa com a mão, ela sentou-se, puxando a cortina para abafar os gritos dos vendedores ambulantes e afastar os olhares do pessoal da plataforma.

Estava muito quente. Chandra tirou o chapéu, enxugou o rosto e ao fazê-lo, sentiu sua tensão desaparecer. Passara por uma espécie de provação, apesar de uma calma aparente. Sozinha, pisara no solo indiano.

Sozinha, tomara seu chá num hotel apinhado de gente e fora até a estação, e agora, sozinha ainda, encontrava-se num trem que a levaria do litoral oeste, até a fronteira do nordeste, onde *Lord* Frome estaria à sua espera!

«Se ao menos papai estivesse aqui...», pensou ela, «estariam achando graça de tudo, e aproveitando cada momento desse regresso à Índia, que tanto amor lhes inspirara anteriormente».

O trem pôs-se em movimento aos solavancos, estalando o madeiramento. O barulho na plataforma, com sua centena de vozes, parecia intensificar-se num crescendo.

E então o trem acelerou a velocidade, levando-a para a terra onde ficava o Himalaia, com seus picos níveos em contraste com o céu azul.

«Agora estou realmente sob minha inteira responsabilidade», pensou Chandra sem se atemorizar, sentindo-se antes estimulada, como se aquilo fosse um novo capítulo em sua vida.

Nas paradas das estações, grandes ou pequenas, Mehan Lall levava-lhe algo para comer e beber. Sua cabine era arrumada para nela passar o dia, e novamente, à noite, para dormir confortavelmente. Ele telegrafava antecipadamente encomendando suas refeições, e ao chegarem a uma determinada estação, aparecia um homem vestido de branco, trazendo o almoço ou jantar numa bandeja coberta com um guardanapo.

Qualquer prato que pedisse tinha sempre o mesmo sabor, quer fosse preparado com *curry, chutney* ou cebolas, e era acompanhado de limonada demasiadamente ácida ou açucarada, mas nunca no ponto certo.

Chandra era avisada de que devia comer depressa, antes de o trem partir, para que o homem levasse a bandeja e recebesse o dinheiro.

O trem ia atravessando planícies, matas, regiões pedregosas e estéreis, campos verdejantes, onde os bois castrados, puxavam seus arados, aflitos para que a noite chegasse e eles pudessem voltar para o lago da aldeia e nele mergulharem.

Os cenários se revezavam numa rapidez incrível, mas permaneciam em sua memória. Uma família cigana acampada num aterro, os artífices indianos que trabalham em metal com suas bigornas e as tendas instaladas num segundo plano. Crianças brincando no meio de um rebanho de cabritos, o conjunto era tão juvenil que parecia fazer parte da magia de um *Pan* ou de *Krishna,* o *Deus Hindu* que também tocava sua flauta rústica.

À noite, sob as estrelas, através de uma região igual a uma planície, de vez em quando aparecia a silhueta de uma mesquita com a cúpula arredondada ou as luzes de uma caravana acampada.

Para Chandra, tudo era fascinante, fazendo parte de alguma coisa de sua vida no passado, voltando agora para ela com a intimidade de um parente amado.

Finalmente, o ar tornou-se muito mais frio, exigindo um cobertor à noite. Durante o dia já não se sentia mais aquele calor abafado e seco.

A viagem prosseguia ininterruptamente, e por fim, após uma planície árida, ela vislumbrou à distância o contorno das montanhas. Sentiu-se emocionada, mas também apreensiva e temerosa... muito mais do que antes.

Verificara-se uma troca de locomotivas, quando então o vagão em que Chandra viajava fora desviado para a via da Estrada de Ferro Noroeste de Bengala. Era agora bem menor, e a maioria dos passageiros compunha-se quase toda de homens.

Estavam chegando a Bairagnia. Chandra ergueu-se para colocar seu chapeuzinho e olhar-se ao espelho. Imaginou o que pensaria *Lord* Frome ao avistá-la, sabendo de antemão que a sua primeira reação seria de ódio, não só por ela não ser o professor Barnard, mas também por ser uma mulher. Em frente ao espelho, perguntou-se por que deveria ele antipatizar tanto com o sexo feminino.

Pensou que parecia bastante inofensiva, e dada a sua semelhança com a mãe, não era presunção julgar-se atraente. Sua expressão era séria, talvez por ter passado muito tempo estudando. O narizinho reto, encimado por dois olhos grandes e inteligentes, que às vezes eram acinzentados e em outras, de uma tonalidade violácea. Os cabelos não eram louros e tampouco escuros.

Talvez sugerissem a cor de um desenho feito a lápis. Lisos e não crespos, apenas ligeiramente ondulados e repartidos ao meio, caindo de cada lado da testa oval e embora não percebesse, era um rosto que atrairia o interesse de um homem, e difícil de ser esquecido. Por não se exibir como as outras mulheres, e tampouco tirar proveito de sua aparência.

Chandra parecia um desenho delicado, que podia ser deixado de lado quando cercado por quadros maiores e mais coloridos e somente aqueles que procurassem qualidade, apreciariam realmente as linhas de seu rosto e veriam que seus olhos possuíam uma profundidade rara na maioria das mulheres. Chandra, porém, não via nada disso, preocupando-se apenas com qual seria a primeira impressão de *Lord* Frome, coisa que ela descobriria nos próximos minutos. Puxou os cabelos para baixo do chapéu, e embora estivesse muito simplesmente vestida, julgou que teria sido melhor se tivesse usado a roupa de montaria, por parecer mais prática e talvez mais masculina.

Seu senso de humor obrigou-a a rir. Se tentasse igualar-se a um homem, arriscava-se a falhar. Ele tinha que aceitá-la ou repudiá-la como era. Não era sua aparência que deveria interessá-lo, mas sim sua inteligência.

O trem parou na pequena estação, sem a multidão que encontrara em Bombaim e em muitas outras pelas quais tinham passado.

Viu Mehan Lall chegar à porta de sua cabine e abri-la, preparando-se para falar com ela, quando ouviu a voz que já escutara no escritório de seu pai.

—Ei-lo aqui, Mehan Lall, e chegou com apenas três horas de atraso, o que representa um recorde! Onde está o professor?— assim falando, *Lord* Frome entrou pela porta aberta da cabine.

Ao ver Chandra, parou subitamente.

—Desculpe— murmurou—, eu me enganei de cabine.

—Não, *Lord* Frome, não se enganou— disse Chandra estendendo-lhe a mão—, sou filha do professor Barnard Wardell.

–A filha do professor?– perguntou ele devagar, como que procurando controlar a voz. Ao tornar a falar, olhou à volta da cabine–, e onde está seu pai?

–Tenho que lhe explicar algo. Prefere ouvir agora ou quando sairmos do trem?

Por um momento, ela julgou que *Lord* Frome iria repreendê-la por sua impertinência. Ele, porém, perguntou num tom áspero:

–Está me dizendo que seu pai não veio?

–Isso mesmo... ele está na Inglaterra.

Os lábios dele se retesaram, e pela primeira vez Chandra foi capaz de olhá-lo diretamente fazendo uma avaliação.

Era bonito, mas de uma beleza dura e indefinida, o que a levou a pensar que estava certa quando antipatizara com ele, tendo apenas ouvido a sua voz.

Alto, de ombros largos, tipo bem inglês, mas tendo algo mais, alguma coisa que parecia emanar dele, quase como ondas de magnetismo. Era uma espécie de autoridade, de determinação ou força de vontade, ela não tinha bem certeza, talvez as três, o que lhe inspirava um certo temor respeitoso. Procurou convencer-se de que não havia motivos para aquele sentimento.

–Muito bem, Srta. Wardell– disse ele abruptamente–, é evidente que desejo ouvir sua explicação, e talvez seja melhor levá-la para o *bungalow-dak* onde estou hospedado.

Por um momento, Chandra pensou que, quando apanhado de surpresa, sua voz era tão categórica como lhe parecera antes. Imaginou que, se fosse possível, ele gostaria de mandá-la de volta no mesmo trem!

Sem esperar que ele falasse mais alguma coisa, Chandra saiu da cabine, observando que enquanto Mehan Lall aguardava já com a bagagem empilhada nas costas de dois carregadores, olhava para seu amo apreensivamente.

–Devo lhe mostrar o caminho?– perguntou *Lord* Frome, e sem esperar sua resposta, enveredou pela multidão.

Todos pareciam caminhar desviando-se dele, como se deliberadamente os afastasse de seu caminho.

Chandra seguia-o, pensando com um sorriso que estava agindo tal qual as mulheres orientais, obrigadas a andar humildemente dois passos atrás de seus homens.

Devia estar irritado com ela, mas no momento nada podia fazer.

Lord Frome chegou à estação, com a multidão habitual de mendigos estendendo as mãos com otimismo, mas na realidade sem esperança de atrair a atenção dos viajantes.

Logo à frente e bem perto da estação, ela avistou um *bungalow-dak* ou pousada para descanso. Era maior do que esperara, e sabia que o interior dos quartos devia ser o mesmo de todos os outros *bungalows,* construídos pelos ingleses por toda a Índia e invariavelmente obedecendo ao mesmo tipo de planta.

Assustou-se ante a ideia de que num lugarejo como Bairagnia, o *bungalow* devia ter apenas um quarto e uma sala. Isto dificultaria a *Lord* Frome acomodá-la mesmo por uma só noite.

Contudo, ao atravessarem o terreno macio e arenoso, ela compreendeu que seu receio era infundado. A casa era bastante espaçosa, podendo hospedar três ou quatro pessoas. *Lord* Frome, que continuava andando na frente, parou na varanda.

Nela havia várias cadeiras rodeando uma mesinha de ferro. Ele abriu a porta, dirigindo-se para o interior. Chandra encontrou-se na indefetível sala com paredes de madeira, a sua mesa quadrada e algumas cadeiras duras.

A maioria das pessoas, a não ser quando comendo, sentava-se na varanda.

Lord Frome puxou uma cadeira para perto da mesa e sentou-se. Olhando para Chandra, que permanecera de pé junto à porta, disse-lhe com a voz dura e autoritária:

—E agora, Srta. Wardell, conte-me exatamente o motivo pelo qual está aqui!

CAPÍTULO III

Chandra sentou-se ao lado dele, e ao fazer isso, percebeu que não fora convidada, imaginando se ele pretendia deixá-la de pé à sua frente, como se fosse uma criada.

Esforçando-se por falar num tom de voz calmo e lento, ela disse:

–Infelizmente, meu pai sofreu um ataque cardíaco dois dias antes de sua partida.

–A senhorita não me telegrafou avisando!

–Não– respondeu ela–, e não o fiz, porque pensei que o senhor teria dificuldade em encontrar alguém para substituir meu pai... assim sendo, vim no lugar dele.

Por alguns segundos, *Lord* Frome olhou para ela de um modo incrédulo, perguntando a seguir:

–O que a fez acreditar que pudesse ser útil para mim?

Chandra sorriu. Calculara que essa seria sua atitude, e respondeu:

– Nos últimos cinco anos, trabalhei com meu pai nos manuscritos em sânscrito. Posso lhe afirmar, sem vaidade, que a minha habilidade para traduzir, é quase tão perfeita quanto a dele e portanto, muitíssimo melhor do que a de qualquer pessoa, que o senhor conseguisse contratar no momento.

—Isso cabe a mim decidir— apressou-se ele a responder.

—Meu pai e eu estivemos raciocinando em seu lugar. Sabíamos quão difícil seria, quando o senhor chegasse aqui, encontrar alguém que pudesse acompanhá-lo a cavalo até o Nepal.

—E está preparada para isso?

—Viajei muito com papai em épocas passadas, e não creio que o Nepal seja diferente de qualquer outro país.

—Deve ter enlouquecido!— observou *Lord* Frome asperamente—, acha realmente que eu posso chegar ao Nepal acompanhado por uma mulher?

—Talvez possa pensar em mim não como uma mulher, mas como uma substituta de meu pai, e alguém capaz de identificar o *"Manuscrito Lótus"* tão bem quanto ele…

—Dificilmente acreditaria nisso. Para dizer a verdade, Srta. Wardell, a minha credulidade já foi longe demais para acreditar em qualquer coisa que afirme.

—Talvez prefira submeter-me a um teste— sugeriu Chandra—, dê-me um manuscrito em sânscrito e eu o traduzirei.

Batendo com a mão fechada na mesa, ele disse:

—Esta situação é absurda! Inteiramente absurda. Quis que seu pai viesse comigo ao Nepal para identificar o *"Manuscrito Lótus"* porque ele é o maior conhecedor de sânscrito do mundo. Não pode esperar que eu aceite como substituta dele, uma mocinha sem experiência, mesmo que seja sua filha.

–Sou mais velha do que pareço– informou Chandra, lembrando-se que viajara com a idade de vinte e três anos.

–Essa não é a questão!– exclamou, aborrecido por ver que a moça encontrava resposta para tudo que ele dizia.

–A questão, certamente, é que posso fazer o que deseja. Acredite ou não, tenho muita experiência nessas traduções. Posso também reconhecer, tão exatamente quanto meu pai, a época de um manuscrito e é justamente por esse motivo que o senhor queria que ele o acompanhasse ao Nepal.

O argumento era irrefutável, *Lord* Frome ergueu-se de repente e pôs-se a andar de um lado para outro da sala. Chandra tinha certeza de que ele estava pensando no colapso de seus planos e sentia-se irritado, porque as coisas não estavam correndo tão suavemente quanto esperara.

Lembrava-se de que ele dissera ao seu pai, num tom confiante, que costumava planejar tudo com antecedência, e que quando algo saía errado, queria saber qual o motivo desse fracasso.

Neste caso, o motivo era muito simples. O professor adoecera e Chandra viera substituí-lo. Quase que desejou dizer-lhe isso em voz alta, como se estivesse lendo uma cartilha para uma criança, mas pensou que o irritaria ainda mais.

Portanto, continuou sentada com as mãos no colo, esperando parecer uma criatura estudiosa, e nem um pouco um tipo de mulher frívola que pudesse perturbá-lo.

Verificou-se um longo silêncio, durante o qual *Lord* Frome permaneceu de costas para ela. A seguir, disse-lhe, como se ainda não tivesse chegado a qualquer decisão positiva:

–Mesmo concordando que substitua seu pai, seria impossível, conforme já disse, chegar a Katmandu com uma moça sem uma acompanhante.

Chandra pensou, divertida, que parecia estar ouvindo Ellen falando.

–Eu não poderia imaginar que numa região tão obscura do mundo fosse necessário ter uma acompanhante– observou ela.

Embora dissesse isso, sabia que nada era demasiadamente distante ou obscuro para os boatos. Sendo *Lord* Frome um homem importante, o que acontecesse em Katmandu, mais cedo ou mais tarde, seria certamente comentado à hora do chá, em Simla.

–Continuo achando que agiu mal não tendo telegrafado– ponderou *Lord* Frome, de repente, como se seu pensamento tivesse tomado um outro rumo.

–Um bom motivo para isso foi o senhor não ter dado um endereço a meu pai– explicou Chandra–, provavelmente o telegrama teria chegado às suas mãos com muito atraso... e neste caso, se o senhor sugerisse que eu poderia substituir meu pai, ocorreria uma grande demora antes que eu pudesse me encontrar com o senhor.

–Nunca teria sugerido tal coisa!– replicou ele–, existem outras pessoas versadas em sânscrito que certamente teriam satisfação em empreender essa viagem comigo.

Chandra não respondeu e continuou calmamente sentada. Após uns segundos, *Lord* Frome virou-se, e ela pôde ver pela expressão de seu rosto o quanto estava irritado.

–Terei que reconsiderar tudo isso, Srta. Wardell. Não é uma decisão que eu possa tomar em alguns segundos.

Fez uma pausa voltando-se para ela agressivamente, como se esperasse sua contestação, prosseguindo em seguida:

–É evidente que terá de passar a noite aqui. Como não haverá nenhum trem até amanhã ao meio-dia, posso lhe informar minha decisão sobre sua permanência ou não, amanhã cedo durante o café.

–Obrigada– disse Chandra.

Ao dizer isso, levantou-se e sentiu que ele a observava, como se pensasse que, com esse olhar investigador, conseguisse descobrir o que ainda ignorava. Isso deixou-a constrangida, mas esforçou-se por não o demonstrar, ao dirigir-se para a porta

–Acredito que queira comer alguma coisa– tornou a dizer–, meu criado está preparando uma refeição.

–Obrigada– agradeceu ela mais uma vez, saindo da sala.

Na varanda havia mais uma porta, e Chandra presumiu que daria para os quartos, no que não se enganou.

Eram três quartinhos, um ao lado do outro, e Mehan Lall, já colocara sua mala no primeiro.

Os *bungalows-dak,* costumavam ser primitivos, porém, limpos. Em cada quarto havia um *charpoy*, o que significa um leito nativo, consistindo numa armação de quatro pernas com tiras de um pano resistente atravessadas, sobre a qual os viajantes colocavam seu próprio colchão, cobertas, etc.

Havia ainda uma cômoda, uma cadeira e uma mesa, sobre a qual via-se uma vela. No fundo da casa tinham instalado uma espécie de lavatório com uma provisão de canecas de água fria fornecidas pelo zelador.

Após despir-se, um tanto timidamente, receando encontrar-se com *Lord* Frome, Chandra dirigiu-se para o lavatório, a fim de refrescar-se.

Ao voltar para o quarto, sentiu-se mais limpa e descansada. Resolveu usar, um vestido simples, esperando que ele lhe desse uma aparência severa e eficiente. Com a golinha branca, tinha quase um aspeto puritano. Puxou os cabelos para trás, fazendo um pequeno coque, e tentou afastar as duas ondas que caíam sobre a testa.

—Se eu tivesse sido mais sensata— disse à sua imagem refletida no espelho—, teria trazido óculos, embora não precise deles.

Sentia que tudo dependeria do que *Lord* Frome pensasse a seu respeito, enquanto estivessem jantando.

No momento sentia-se muito insegura quanto a ele se resignar ao que ela esperava que considerasse inevitável e a levar para o Nepal.

Sabia que, se ele seguisse seu impulso natural, mandaria que voltasse para a Inglaterra no trem do dia seguinte. Ao mesmo tempo, tinha esperança de que, na falta de um perito em sânscrito, ele a aceitasse por não ter nenhuma alternativa imediata.

Contudo, de uma coisa tinha certeza, ele não era o tipo de homem cujas reações nunca podiam ser previstas.

De acordo com o que pensara, ao ouvir sua voz pela primeira vez, havia nele algo de insensível e cruel. Estava certa de que era egoísta, quando se tratava de seus próprios interesses.

Apressara-se para se lavar e vestir-se, simplesmente porque achara que deixá-lo esperando, poderia parecer um ato tipicamente feminino. Sentiu-se aliviada quando, ao entrar na sala, verificou que ele ali não se encontrava.

Um criado estava arrumando a mesa, cobrindo-a com uma toalha que não fora passada a ferro. No centro ele colocou uma cesta de vime cheia de *chapattis* e outros tipos de pão indiano.

Ao vê-la, o criado se inclinou, mas antes que ela pudesse falar o que pretendia, *Lord* Frome entrou. Observou que trocara de roupa e vestira algo mais formal, o que ainda o tornava mais intimidador, e até mais autoritário do que quando vestido com o traje de montaria.

—O que deseja beber, Srta. Wardell?— perguntou inesperadamente—, receio que, como eu estava esperando seu pai, sua escolha terá que se limitar ao *whisky* ou cerveja indiana.

—Gosto dessa cerveja, e será delicioso tornar a bebê-la.

—Já esteve na Índia anteriormente?

—Há seis anos viajei com meu pai por várias partes do país.

Imaginou que ele a olhava de um modo inquiridor, como se pensasse que ela estava mentindo, pois naquela época deveria ser demasiadamente jovem.

Ele, porém, não disse nada, e mandou que o criado trouxesse um copo de cerveja e um de *whisky*.

Bebericaram seus *drinks* em silêncio, até o momento em que o jantar foi servido, quando então sentaram-se à mesa.

O jantar, conforme Chandra imaginara, compunha--se do inevitável menu dos viajantes; sopa quente, um frango muito magro, que, tendo sido morto algumas horas antes, estava duro. Cozido, porém, com vários temperos, pareceu-lhe bem apetitoso como sobremesa, pudim de caramelo. Este era um dos doces que os ingleses haviam ensinado aos seus criados indianos, e constava enfadonhamente de cada refeição para os europeus.

Julgando que deveria mostrar-se bem-educada, resolveu romper o silêncio que durava já algum tempo.

–Seu criado é um bom cozinheiro.

–Faz o melhor que pode– respondeu ele–, e quando estou viajando, não costumo interessar-me pelo que estou comendo.

Chandra pensou que aquilo era verdade, pois a expressão preocupada em seu rosto demonstrava que estava pensando em outras coisas, enquanto engolia o que punham à sua frente.

Imaginou se deveria contar-lhe que era uma ótima cozinheira. Poderia sugerir que, num caso de emergência, seria capaz de providenciar qualquer coisa melhor e bem diferente daquilo que haviam comido. Logo, porém, afastou tal pensamento, porquanto poderia parecer-lhe demasiadamente feminino, ou talvez sugerir que estivesse tentando invadir o terreno de seus hábitos de celibatário, e continuou em silêncio.

–Srta. Wardell, precisamos conversar seriamente. Que tal se fossemos para a varanda?

–Será muito agradável– respondeu ela, e dirigiu-se para fora.

O sol estava desaparecendo, mas ainda havia um brilho diáfano e dourado que apareceu no céu antes do escurecer.

Ao sentar-se em uma das cadeiras de vime, podia ouvir os grilos cricrilando nos arbustos das cercanias. Ficou escutando-os, enquanto olhava para a estrada empoeirada que descia para a estação. Ao longe havia um pequeno terreno cultivado, mais além ainda, os penhascos de terra arenosa e estéril.

Tudo aquilo era tão familiar e tão apreciado por ela, que sentiu a impressão de ter voltado para casa. Por trás do bangalô vinha o ruído de vozes, o choro de um bebê e o rangido da manivela de um poço. Sentia no ar o cheiro da poeira e das pedras quentes, impregnadas de sol durante o dia inteiro, e também o odor da fumaça de madeira.

Lord Frome aproximou-se e sentou-se ao seu lado.

–Estive pensando em seu extraordinário, se assim posso chamá-lo, comportamento, vindo até aqui sem me comunicar o que pretendia fazer. Sei que deve compreender, Srta. Wardell, que me colocou numa situação incrivelmente difícil.

Não havia dúvida de que o tom de sua voz era hostil. Com um esforço, Chandra voltou os olhos para ele, pensando ser delicado parecer que estava ouvindo, conquanto desejasse ardentemente voltar à sua contemplação da paisagem, e escutar os ruídos que eram tão singularmente indianos.

–Meu primeiro impulso– continuou *Lord* Frome–, foi mandá-la voltar imediatamente, com uma carta para seu pai, dizendo que jamais deveria ter permitido que viesse no lugar dele. Infelizmente, tenho outros fatores a serem considerados.

Fez uma pausa, e Chandra pôde perceber o que julgou ser uma expressão de ódio em seus olhos. Depois, então, ele continuou:

–Tenho permissão para entrar no Nepal por pouco tempo, e minha licença, se esta é a palavra certa, começa daqui a três dias, quando pretendo chegar a Katmandu.

Seus lábios se contraíram, não sendo necessário para ele explicar que as negociações, a fim de obter permissão de ingressar no país, tinham demorado meses.

Caso fosse obrigado a reiniciar tudo, poderia sofrer um atraso de dois ou três meses, ou talvez ainda mais.

Chandra sentiu um frêmito de esperança surgir excitadamente em seu íntimo. Esquecera-se de que, embora fosse premente a vantagem dessa substituição para *Lord* Frome, a questão de uma licença para entrar num país não franqueado a todos era muito importante.

–É evidente que poderia cancelar indefinidamente toda a minha viagem– continuou ele–, mas detesto ter que mudar meus planos, e há muito que decidi passar esses próximos meses pesquisando no Nepal.

–Posso garantir-lhe– disse Chandra, num tom de voz tão indiferente quanto o dele–, que meu pai ficou profundamente desapontado por não poder acompanhá-lo. Mesmo que essa viagem pudesse matá-lo, não seria motivo para dissuadi-lo, caso fisicamente ele estivesse em condições de viajar com o senhor.

–Não fazia ideia de que o professor estivesse com a saúde abalada– observou ele, quase que com ressentimento.

–Papai já não é tão jovem como quando fez suas expedições para o Tibete e Sikkim. Acredito, *milorde,* que descobrirá futuramente, que nas expedições desse gênero, as pessoas envelhecem rapidamente.

Se estava pretendendo alarmá-lo, fora bem-sucedida.

–Julga que isso seja verdade?– perguntou ele.

–Sei que é. Meu pai teve malária inúmeras vezes, bem como vários tipos de febre asiática, o que representa um tributo até mesmo para homens mais fortes, e certamente mais cedo ou mais tarde afetam o coração.

Sabia que aquilo era mais uma coisa, que *Lord* Frome não considerara, mas enquanto falava, pensou que ele parecia ser muito jovem, e as pessoas que gozam de saúde raramente pensam na fragilidade dos outros.

–Seu pai me foi muito útil no passado– disse ele um pouco relutante–, e receio jamais ter pensado na idade que tinha.

–Imagino que talvez não o considere absolutamente como uma criatura humana, mas apenas como uma espécie de máquina que já lhe foi muito útil.

Se ela pretendera chocá-lo, *Lord* Frome não poderia parecer mais surpreso.

–Considero essa afirmação profundamente injusta!– protestou.

Ela não contestou, limitando-se a inclinar um pouco a cabeça.

—Voltemos ao que estávamos discutindo— disse ele rispidamente—, ou seja, se deverá ou não acompanhar-me ao Nepal. Srta. Wardell, gostaria de poder convencer-me de que é tão competente em seu trabalho conforme afirmou.

—Meu pai sente-se perfeitamente satisfeito com o que eu faço para ele. Na realidade, o último manuscrito que o senhor lhe enviou, o *Bhadravadana,* foi inteiramente traduzido por mim. Papai apenas o reviu.

Pelo modo como a olhou, Chandra sentiu que duvidara de que aquilo fosse verdade, mas respondeu:

—Nada posso fazer, senão acreditar em sua palavra quanto à sua capacidade, e neste caso o problema se resume numa coisa; como justificar que esteja viajando comigo, considerando que não somente é uma mulher, mas com pouca idade?

—O tempo se encarregará de invalidar a segunda dessas dificuldades— ponderou Chandra—, ínfelizmente, a primeira é imutável.

Falara sem pensar, e compreendeu que *Lord* Frome se surpreendera. Receou que pudesse pensar que ela estava sendo petulante.

Começara a achar irritante a sua ênfase, e o modo pelo qual revelava francamente a sua antipatia por ela. Desejou ardentemente dizer-lhe que não tinha nenhuma intenção de acompanhá-lo ao Nepal ou a qualquer outro lugar no mundo.

Durante todo o tempo, porém, lembrava-se do quanto precisava daquele dinheiro prometido pelo *Lord.* Seria difícil devolver até mesmo uma parte das seiscentas libras, pois no momento já devia ter servido para comprar os bilhetes de Ellen e de seu pai para Cannes, e pagar as diárias e alimentação de ambos na pensão que o Dr. Baldwin escolhera.

Como lhe desagradasse ter que bajulá-lo, foi com esforço que conseguiu dizer:

—Caso o senhor tenha a bondade de levar-me para Katmandu, prometo que farei tudo o que possa, para provar que sou tão discreta quanto o possível.

—Mas continuará em minha companhia— replicou ele soturnamente.

—Temos que pensar no que isso vai parecer ao mundo no exterior.

Chandra esteve a ponto de dizer-lhe que aquele "mundo no exterior" estava tão distante, que era uma tolice preocupar-se com ele. Lembrou-se, porém, de que *Lord* Frome era muito importante, e por isto era obrigado a se interessar por sua reputação, enquanto a dela não tinha importância social.

Entretanto, parecia-lhe que ele estava fazendo um espalhafato por nada. Desde que o mundo era mundo, homens famosos tinham viajado com suas amantes, e na Índia todos os *marajás* possuíam uma quantidade enorme de concubinas que os acompanhavam por todas as partes.

Mas, evidentemente, *Lord* Frome, que era um inimigo das mulheres, estava provando que não somente jamais era visto em companhia delas, mas nunca oferecia motivos de comentários com relação a elas.

Após um momento, Chandra sugeriu, hesitante:

— Não seria... possível eu me disfarçar... quero dizer, passar por um menino... ou um rapaz?

–Santo Deus! Não!– exclamou ele–, esse tipo de situação não enganaria a ninguém. Não, Srta Wardell. Receio que o que seremos obrigados a fazer parecerá mais drástico, pois não vejo outras possibilidades, mediante as quais justifique sua presença ao meu lado, em Katmandu.

Admirada, Chandra olhou para ele, que continuou:

–Garanto-lhe que não é uma coisa que eu sequer consideraria em qualquer outra ocasião ou situação, mas este é um problema excepcional, simplesmente porque não posso permitir-me esperar mais, e descobrir alguém que substitua seu pai.

–O que está sugerindo?– perguntou Chandra.

–É muito simples– respondeu ele, num tom de voz que tornava bem claro que não ocorreria nada daquilo–, irá comigo a Katmandu na qualidade de minha esposa!

Desta vez, coube a Chandra mostrar-se espantada, e ao olhar para ele, escancarou os olhos.

–Naturalmente, isso prevalecerá somente enquanto estivermos lá– apressou-se ele a dizer, como se temendo que ela pudesse pensar tratar-se realmente de uma proposta de casamento–, contudo, evitará quaisquer perguntas que o Coronel Wylie possa fazer, e também uma desculpa para sua presença, que assim não será alvo de comentários.

–Sua... esposa?– perguntou ela em voz baixa.

Aí estava uma coisa que jamais previra, nem mesmo em seus sonhos mais românticos.

–Posso garantir-lhe, Srta. Wardell– acrescentou *Lord* Frome, num tom áspero–, é o tipo de simulação que eu deploraria muitíssimo em quaisquer outras circunstâncias. Entretanto, trata-se indiscutivelmente de uma emergência, que jamais ocorreu antes em minha vida, e espero ardentemente que nunca mais possa acontecer.

–Mas... tem certeza?– começou ela.

E ao refletir, compreendeu que segundo o ponto de vista de *Lord* Frome, aquela era uma ideia muito sensata. Podia imaginar, devido à sua aversão pelas mulheres, o quanto abominaria as insinuações, as observações vulgares e as suposições, até mesmo por parte de seus empregados, de que, pelo fato de ela estar com ele, deveria ser sua amante.

Para dar à situação um aspecto respeitável, deviam aparecer como marido e mulher. Isto eliminaria a ideia de romance que se pudesse dar ao fato, passando a considerá-lo como uma viagem normal, na qual a mulher, automaticamente, acompanhava seu marido para qualquer lugar que seus deveres ou interesses o levassem. Este era um hábito na Índia ou em qualquer outra região do Oriente.

–Não preciso informá-la– *Lord* Frome voltara a falar–, de que se essa ideia lhe é detestável, o é muito mais para mim. Talvez deva acrescentar que sou um solteirão obstinado.

Chandra compreendeu que ele estava deixando bem claro que ela não devia "pretender fisgá-lo", e resolveu tranquilizá-lo a esse respeito. Disse para si mesma:

«É o homem mais desagradável e mais antipático que encontrei até hoje! Só espero que meu marido, quando tiver um, não seja nem um pouquinho igual a *Lord* Frome!»

Embora hesitando, disse em voz alta:

–Suponho que *milorde*, tenha razão, pensando que esse é o único... meio possível para que eu possa acompanhá-lo. Ao mesmo tempo, devo admitir não ser essa uma situação que eu enfrente com prazer.

–Prazer?!– exclamou ele–, não pode supor que isso me dê prazer!

Por um instante olhou para ela, falando então num tom mais calmo:

–É somente uma medida de conveniência, e espero que a considere como tal.

–Não precisa ter receio a esse respeito– respondeu Chandra friamente–, acontece que, como eu não tinha uma acompanhante, achei mais prudente, enquanto estive no navio, passar por viúva. Portanto, viajei como Sra. Wardell.

Embora não desejando demonstrar que achara aquilo divertido, em seus olhos apareceu um brilho diferente, ao dizer:

–Então já descobrira que o estado civil de casada representava um bom disfarce?

–Antes de ter deixado a Inglaterra, talvez tenha pensado que pudesse ser, mas, na realidade, não precisava ter me preocupado. No navio não houve ninguém que me desse atenção, ou qualquer outra coisa que pudesse afetar-me.

–Posso garantir-lhe que a situação será a mesma no Nepal– afirmou Lord Frome.

–Obrigada– ao dizer isto, ela se levantou–, peço-lhe que me desculpe, mas gostaria de recolher-me cedo. Suponho que vamos partir imediata mente após o café.

–Teremos que enfrentar uma longa viagem a cavalo, Srta. Wardell– replicou ele, erguendo-se da cadeira.

–Estarei pronta– passou na frente dele ao caminhar pela varanda, mas virou-se e acrescentou–, talvez deva agradecer-lhe por decidir levar-me, e garanto que não se arrependerá.

Por um segundo, julgou ver uma expressão de zombaria no sorriso em seus lábios. Inclinou a cabeça, dizendo:

–Boa noite, *milorde.*

–Boa noite, Srta… Wardell!

Ele fizera uma pequena pausa antes de falar seu sobrenome. Chandra sabia que deveria estar pensando, que no dia seguinte, seria obrigado a dirigir-se a ela de um modo diferente.

Ao caminhar para seu quarto, divertia-se com a ideia de que, naquele momento, *Lord* Frome devia estar imaginando qual seria seu nome de batismo.

–Não lhe direi– decidiu intimamente–, eu o obrigarei a perguntar-me!

O quarto pareceu-lhe muito quente, apesar de que no exterior estava muito mais fresco.

Abriu a janela e ficou olhando para fora, ao mesmo tempo que pensava no quanto aquilo lhe parecera familiar e agradável, até o momento em que *Lord* Frome surgira na varanda.

Avistou uma mulher caminhando na estrada com uma cesta na cabeça. Não era jovem, mas andava com o porte e graça de uma rainha.

«Amanhã...» pensou ela, «entrarei em um novo país. Será uma aventura emocionante, por representar o desconhecido e um lugar no qual não estive anteriormente».

Sabia bem o quanto receara que *Lord* Frome a mandasse voltar para sua casa, e assim nunca mais veria o Nepal e tampouco o *"Manuscrito Lótus"*.

Não era só questão de dinheiro, que desejava ganhar para seu pai, mas também a aventura no Nepal a atraía muito.

Sentindo que sua tensão desaparecera, achou que devia ajoelhar-se e agradecer a Deus por ter vencido uma batalha, que poderia facilmente ter perdido. Ao erguer o rosto para o céu, enquanto no fundo do coração proferia palavras de agradecimento, ouviu um murmúrio:

—*Mem-sahib! Mem-sahib!*

Ao olhar para baixo e avistar um menino indiano do lado de fora da janela, sentiu como se estivesse voltando à terra com um choque.

Em seus olhos imensos, escuros e transparentes, havia a expressão súplice das crianças indianas, que ela já observara milhares de vezes e, no entanto, nunca tinha deixado de tocar as fibras de seu coração. Elas eram tão bonitas, com seus corpinhos bronzeados e constituição delicada, e pareciam tão vulneráveis e frágeis!

—*Mem-sahib!* Venha! Homem santo falar senhora!

O menino falava um inglês quase incompreensível, e ela perguntou em *urdu*:

–O que está dizendo? Quem está querendo me ver?

O menino, evidentemente, ficou encantado ao ouvi-la falar seu próprio idioma.

–O homem santo, muito importante: o homem santo quer talar com *Mem–sahib*. Venha, agora!

–Mas, como? Onde está ele?– perguntou ela confusa.

O menino apontou para um lugar, mas da janela não conseguiu ver a direção. Ele repetiu, as mesmas palavras e sentindo-se intrigada, ela respondeu:

–Espere-me. Irei o mais depressa possível.

Fechou a janela, e dirigindo-se para a porta escutou antes de abri-la. Não ouviu nenhum ruído, e compreendeu que as dos outros quartos, estavam fechadas.

Passou por elas, pelo lavatório, e saiu pela porta dos fundos do bangalô. Tinha certeza de que *Lord* Frome ainda não se recolhera, e devia estar na varanda.

Nos fundos da casa estava situado o poço, e também uns arbustos maltratados, e ao lado destes algumas casas modestas, que ela sabia pertencerem ao zelador com a família.

Ao virar uma esquina, encontrou o menino que a esperava. Ele sorriu para ela, evidentemente encantado por vê-la ali. Dirigiu-se então para os arbustos e passando por uma moita que havia á beira do jardim, cercando a casa, foi ter em um lugar com muitas árvores.

Ao segui-lo, Chandra imaginava o que poderia significar aquilo. Pensou que estava sendo um tanto imprudente saindo assim, sem avisar a ninguém para onde ia.

Todavia, não desejava confiar em *Lord* Frome, e dizia a si mesma que não podia existir nenhum perigo num lugar tão tranquilo, e habitado apenas por pessoas que trabalhavam na estrada de ferro.

Haviam caminhado muito pouco, quando d< repente pararam, estavam em frente a um homem sentado em baixo de uma grande árvore.

Aproximando-se, Chandra viu que era o homem santo. No mesmo instante soube que ele provinha das colinas. Quando estivera na Índia, muitos desses homens que seu pai conhecera no Tibete, iam procurá-lo, até mesmo aqueles que vinham desde o sul de Bombaim.

Ela aprendera a reconhecer muitas centenas de indianos diferentes, mas dos ilustres não restara senão os homens santos do norte.

Aquele, sentado em baixo da árvore, era alto e estava vestido com uma túnica do feitio de um casaco, de uma lã grossa como a de um cobertor.

O chapéu guarnecido de pele era diferente dos usados pelos mandarins. Tinha um rosário de madeira pendurado na cinta, e a expressão de seu rosto era inconfundível. Seria difícil descrevê-la; no entanto, Chandra compreendeu imediatamente que era um homem que se dedicava aos

outros, um daqueles que passavam suas vidas entoando as palavras sagradas nos grandes conventos que seu pai visitara no Tibete.

Ao chegar perto dele» o homem santo não fez nenhum esforço para erguer-se e tampouco para falar, e por saber o que ele esperava, juntou as mãos. Palma com palma, dedo com dedo, ela as levantou até a testa, na saudação tradicional de *namaskar,* que os indianos costumavam fazer aos *gurus* ou a outros que consideravam santos.

—Minhas saudações, filha!– disse o homem santo num tom de voz muito mais profundo do que o que qualquer indiano meridional poderia alcançar–, é com tristeza que soube da enfermidade de seu respeitável pai.

—Como ficou sabendo?– perguntou ela surpresa, logo percebendo que era uma pergunta ridícula.

Era evidente que em Bairagnia já era sabido que seu pai estava sendo esperado, e que ela viera em seu lugar.

—Conheci seu respeitável pai.

—Conhece-o?– indagou ela com os olhos brilhantes–, que interessante! Qual é seu nome?

—Sou o lama Teshoo, do Mosteiro *Sakya-Cho*.

—Lembro-me perfeitamente de ter ouvido meu pai falar do seu Mosteiro . Fica no Tibete?

—Sim, no Tibete, onde seu respeitável pai me visitou há dez anos.

—Então, deve ter ficado decepcionado por ele não se encontrar aqui agora. Papai teve um ataque cardíaco, um pouco antes de vir para cá.

—Ele se encontra em mãos competentes– disse o lama lentamente–, e viverá ainda muitos anos antes de ser libertado.

Falou isso de um modo tão positivo, que Chandra acreditou e sorriu para ele.

—Mas como seu pai não está aqui, tenho que me dirigir à sua filha, a fim de que me auxilie.

—Auxiliá-lo?– perguntou Chandra intrigada.

O lama sacudiu a cabeça afirmativamente.

Ela se perguntava que idade poderia ter. Tinha a impressão de que, como tantos homens santos, cujos rostos e corpos não envelhecem do mesmo modo que os das pessoas comuns, sua idade deveria ser bem avançada.

—Amanhã, estará partindo com o *Lord sahib* para o Nepal— voltou ele a falar.

Chandra julgou espantoso que estivesse tão certo de uma coisa que ela ficara sabendo há alguns minutos atrás. Mas não fez nenhum comentário, e ele continuou:

—Quando estiver em Katmandu, existe algo que pode fazer por nosso Mosteiro . Isso lhe proporcionará um grande mérito nesta vida e nas outras vindouras, minha filha.

—O que quer que eu faça?

O velho lama fez-lhe um gesto para que se aproximasse mais e se sentasse aos seus pés. Compreendeu, então, que aquilo que desejava falar era confidencial.

O menino indiano, sem precisar de nenhum aviso, afastara-se um pouco e deitara-se sobre uns tufos de grama, pondo-se a brincar com um pedaço de pau.

O lama pareceu refletir durante alguns minutos, antes de dizer:

—Sabe a quem me refiro ao falar de Nana *sahib*?

Chandra pensou um pouco, dizendo em seguida:

—Não é ao *Rajá* de Bithur, que procedeu com tanta crueldade por ocasião da revolução indiana?

O lama confirmou com um movimento da cabeça, e embora ela não imaginasse o que Nana Sahib, poderia ter a ver com ela no Nepal, lembrou-se de que fora ele realmente quem cometera um dos atos mais cruéis e traiçoeiros de toda a revolução indiana.

Nana Sahib, oferecera à guarnição britânica, sitiada em Cawnpore, um salvo-conduto para Allahabad, caso estivessem dispostos a depor suas armas.

Os oficiais ingleses, no comando do forte, teriam preferido defendê-lo até a chegada de uma tropa de auxílio. Entretanto, não tiveram escolha. As rações e munições já estavam praticamente terminadas, e as mulheres e crianças encontravam-se em estado desesperador.

Finalmente, e embora fizessem restrições, confiaram em Nana Sahib, que no passado sempre aparentara ser muito simpático aos ingleses.

Foram providenciados quarenta barcos grandes num desembarcadouro e, ao amanhecer, os sobreviventes do cerco, com as roupas em frangalhos e manchadas de sangue e pó, foram levados para os barcos numa procissão de dezes seis elefantes, seguidos por setenta a oitenta palanquins, e carros de bois para os feridos.

Nos espíritos de todos os oficiais, aquilo lhes pareceu ser um estratagema, mas eles se dirigiram para os barcos, que estavam atracados no ponto em que o *Ganges* corria entre encostas altas e marrons.

Ao chegarem ao rio, verificaram que nada havia sido providenciado para auxiliar o embarque das mulheres e crianças, e não havia meios para carregar os doentes e feridos até os barcos.

Foi com dificuldade que os homens e as mulheres atravessaram aquela

água barrenta sem quase dar pé, enquanto os barqueiros e carregadores nativos os observavam no mais sinistro silêncio.

Aproximadamente às oito horas da manhã, os barcos estavam abarrotados de seres humanos arquejantes de calor, e constantemente insultados pelos rebeldes que se encontravam na praia.

Já estavam prestes a partir, quando exatamente às nove horas, e como se obedecessem a um sinal, os barqueiros abandonaram seus barcos e pularam na água.

No mesmo instante, começou o tiroteio em ambos os lados do rio, uma fuzilaria fulminante de mosquetes e canhões, que foi incendiando os tetos dos barcos, feitos de palha.

As mulheres gritavam e lutavam, para proteger seus filhos dos tiros que agitavam o rio, fazendo espuma, enquanto os homens, suando e desvairados, tentavam puxar os barcos para a frente, mas eram mortos e caíam na água, tingindo-a de sangue.

Tochas acesas eram atiradas nas roupas das mulheres, e as crianças eram esmagadas no chão, com os miolos esmigalhados pelas clavas com pontas de ferro.

Dos que ficaram em Cawnpore, todos os homens foram mortos e mais de duzentas mulheres e crianças encarceradas nas condições as mais horrorosas.

Finalmente, quando as hostes de Nana Sahib foram derrotadas pelas tropas de auxílio, das novecentas pessoas, entre homens, mulheres e crianças, apenas cinco sobreviveram.

As cabeças e membros decepados e os corpos mutilados foram atirados num poço das redondezas.

Posteriormente, um homem escreveu: *"Enfrentei a morte de todas as formas, mas nunca mais pude olhar novamente para dentro daquele poço"*.

Foi essa traição que transformou o Exército britânico em vingador inspirado em uma ardente cruzada justiceira.

–Sim, lembro-me perfeitamente de ter ouvido falar em Nana Sahib– repetiu Chandra.

–Quando as tropas de auxílio chegaram em Cawnpore– prosseguiu o lama–, muitos milhares tiveram que fugir para salvar suas vidas, e o lugar mais próximo para se refugiarem foi o Nepal.

Chandra olhava para ele com uma atenção profunda. Estava começando a perceber onde aquela conversa ia chegar.

–Entre os refugiados, encontrava-se Nana Sahib– falou pausadamente o homem santo.

–Ele se escondeu no Nepal?– exclamou Chandra–, mas julguei que esse país apoiara a Inglaterra durante o motim, e oferecera soldados para combaterem pelos ingleses.

–É verdade– concordou o lama –, e ao mesmo tempo, o Primeiro-Ministro, Jang Bahadur, alimentou uma amizade sincera pela Inglaterra. Mesmo assim, permitiu que Nana *Sahib* se asilasse não oficialmente no seu país.

–Mas ele já deve ter morrido há muito tempo– observou Chandra.

–Deram muitas informações sobre sua morte, mas eram falsas– disse o *Lama* calmamente.

Corno Chandra o olhasse surpresa, ele continuou:

–Sua esposa, a mulher tida como viúva de Nana *Sahib*, morou nos arredores de Katmandu durante quarenta anos.

Era bonita e também piedosa, e todos os anos, numa certa data, dava de comer a muitos mendigos religiosos.

Chandra pensou o que aquilo tinha a ver com a história, mas como não dissesse nada, o velho prosseguiu:

—Todos os anos, centenas de peregrinos costumavam ir lá, e supunham que nessa ocasião, seu marido sempre a visitara.

—Ela ainda vive?

—Morreu há alguns meses, mas é sabido apenas por aqueles que estão a par dessas coisas que Nana Sahib, o marido dela, faleceu somente três anos atrás.

—Então ele morreu. Fico satisfeita! Cometeu um ato cruel e perverso!

—Pelo qual sofrerá o castigo em muitas vidas— observou o lama tranquilamente—, não podemos jamais escapar de nossas atos, sejam bons ou maus.

Ele silenciou durante alguns instantes e Chandra se perguntou se aquele seria o fim da história. De repente, ele continuou:

—Enquanto estava vivo, no Nepal corria um segredo conhecido por todos; que Nana Sahib, vendera as joias preciosas que trouxera com ele, da Índia para o Primeiro--Ministro Jang Bahadur. Entre elas, havia uma esmeralda, medindo sete centímetros de comprimento, que foi para as comendas honoríficas oficiais.

A voz do ancião alterou-se um pouco ao continuar:

—Essas joias não tinham nenhuma importância, exceto uma, à qual ele não tem direito, e que deve ser devolvida para o lugar de onde saiu.

—E de onde ela saiu?— indagou Chandra.

–Do Mosteiro *Sakya-Cho*, onde ela estivera colocada na testa do *Deus Buda*, durante mil anos antes de ser roubada.

–Roubada?– exclamou ela surpresa–, Nana Sahib alimentava um desejo insaciável por pedras preciosas. Um de seus espiões deve ter-lhe falado acerca de nossa esmeralda rara e um belo dia, ela sumiu.

–Era só o que se podia esperar de um homem dessa espécie!– observou Chandra desdenhosamente–, roubar o que é sagrado!

–Julgo que ele jamais venderia a esmeralda, por considerá-la uma mascote. Agora, porém, que morreu, ela deverá voltar para o Mosteiro *Sakya-Cho*.

–Posso avaliar seus sentimentos, mas como posso ajudá-lo?

–Quando estiver em Katmandu– disse o lama–, a esmeralda lhe será entregue.

–Por quem?

–Não me compete dizer, e nem à senhorita saber. Basta que a guarde em seu poder. Tudo que peço é que, como digna filha de seu pai, traga a pedra sagrada para mim, quando atravessar a fronteira de volta para a Índia.

–Se o senhor tem certeza de quem está com a pedra, não lhe será fácil consegui-la de volta?

O lama sorriu, como se ela estivesse sendo estúpida.

–Existe sempre aqueles que querem as joias pelo seu valor material, e agora que Nana Sahib e sua mulher estão mortos, haverá abutres que os despojarão do que é valioso, apenas para satisfazer sua cobiça.

–É claro que compreendo– disse Chandra–, mas... não será perigoso para mim... carregar a... pedra?

– Se a senhorita for bastante corajosa para fazer isso, terá a proteção de nossas preces. Não preciso dizer-lhe que onde um europeu estaria seguro, o mesmo não se aplicaria a um tibetano.

Chandra entendia muito bem o que ele estava dizendo. Ao mesmo tempo, sentia-se arrepiada ao ver-se envolvida no que tinha certeza ser um jogo perigoso de roubo e contra roubo. Sabia também que na Índia existiam ladrões que não hesitariam em matar, para deitar mãos em algumas das magníficas joias pertencentes aos templos ou aos *marajás,* mas os primeiros, teriam os sacerdotes para protegê-los, os últimos, os soldados, enquanto ela, estaria sozinha.

Perguntou então a si mesma que melhor proteção poderia haver do que as preces de homens que eram santos, e possuíam poderes espirituais que não eram compreendidos por aqueles que só conheciam o Ocidente. Decidiu-se impulsivamente, dizendo ao lama:

–Farei o que me pede, mas proteja-me, pois sinto que precisarei muito da sua proteção.

–Será protegida, minha filha, e os méritos que granjear trar-lhe-ão a felicidade que procura.

Chandra olhou-o surpresa, pensando que não se apercebera de que estava procurando a felicidade, de um modo muito especial.

–Mais uma coisa, minha filha, se lhe for possível, como acredito que seja, corrigir um erro e devolver o que é nosso, então meu Mosteiro não será ingrato, e sei que aquilo que lhe ofereceremos será em benefício de seu pai.

Chandra compreendeu que ele se referia a dinheiro. Gostaria de poder dizer-lhe que aquilo era completamente sem importância, mas rapidamente lembrou que seria uma loucura recusar dinheiro para ajudar seu pai.

—Obrigada, e sei que se papai estivesse aqui, ele também ficaria muito agradecido.

—Nós é que agradecemos— disse o lama com dignidade.

Sentindo que a conversa terminara, Chandra levantou-se.

—Rezará por mim, e também por papai? Ele não está bem, e estou preocupada.

—Já lhe disse— observou o lama— que a hora dele não chegou. Resta-lhe ainda trabalho para fazer... e um trabalho que, embora ele não pense assim, virá a ser de grande benefício para aqueles que têm ouvidos para escutar e razão para entender.

Chandra juntou as mãos em sinal de reverência, e o lama ergueu a dele e abençoou-a.

Em seguida, como se nada mais tivesse a dizer, fechou os olhos, e seus dedos deslizaram sobre as contas do rosário.

Chandra ainda olhou para o homem santo durante um instante, depois virou-se e saiu correndo na direção do *bungalow*.

Ao chegar lá, seus pensamentos estavam tão ocupados com as histórias que o lama lhe contara, e o que lhe acontecera tão inesperadamente, que abriu a porta do fundo e entrou, sem sequer pensar que houvesse qualquer necessidade de segredo. Só que, ao entrar no corredor, viu que *Lord* Frome estava vindo pela outra porta da varanda.

Ele a olhou surpreso, e ao vê-la fechar a porta que dava para os fundos e caminhar em sua direção, perguntou:

– Onde esteve, Srta. Wardell?

Por um momento pensou em contar-lhe a verdade. Depois, compreendeu que tudo o que ouvira devia ser mantido em segredo. Um segredo absoluto para todos, inclusive para ele.

Sorriu-lhe, e com um trejeito impertinente em seus lábios, disse-lhe:

–Isso, *milorde*, é assunto meu!

Entrou no quarto, e fechou a porta.

CAPÍTULO IV

Chandra levantou-se muito cedo, arrumou sua mala e às seis horas foi tomar café. Ficou surpresa ao ver que *Lord* Frome já tomara o dele, e o criado estava esperando para servi-la sozinha.

Essa primeira refeição foi tipicamente inglesa, constando de ovos pequenos, uma característica do Oriente, e *bacon*, que nenhum muçulmano comeria, mas tudo estava delicioso. O café era de ótima qualidade, e ela desconfiou de que *Lord* Frome devia tê-lo trazido.

Mal terminou, dirigiu-se para fora e, conforme esperava, viu uma extensa fila de pôneis já carregados com a bagagem e com o que lhe pareceu uma estranha provisão de caixas, carabinas e outros tantos objetos impercetíveis, que presumiu serem necessários ao conforto de *Lord* Frome.

Ela sabia que aqueles cavalos do Butão eram pequenos e atarracados, porém, ágeis e de passo seguro.

Lord Frome, inspecionando tudo, cumprimentou-a de modo bastante formal, dando-lhe a impressão de que estava constrangido.

O que Chandra observou imediatamente foi que os criados a ela se dirigiam dizendo, *Lady sahib,* o que significava já terem sido informados de que ela era esposa do *Lord.*

Ao lado de cada pônei, havia um *syce,* ou seja, um criado esperando.

O dela ajudou-a a montar no pônei que lhe fora reservado, e sentiu-se aliviada ao ver que a sela era apropriada para senhoras.

Ficou imaginando como *Lord* Frome se arranjara para conseguir uma sela para mulheres assim depressa, pois era evidente que não devia pertencer ao seu equipamento antes de sua chegada.

Partiram quase que imediatamente, e o *syce* que estava encarregado do cavalo de Chandra, avisou-a de que a viagem seria longa. Primeiramente atravessariam florestas e vales entre colinas mais baixas, nos quais a estrada era melhor do que seria depois.

A manhã estava fresca, pairando no ar apenas uma ideia vaga de neve antes de ter sido dispersada pelo sol. Chandra sentia-se emocionada ante a beleza de tudo que via.

Nos livros que lera com seu pai logo após a chegada de *Lord* Frome a sua casa, ficara sabendo que nas regiões baixas e planas do Nepal, havia elefantes, tigres e rinocerontes, e nas mais elevadas, existiam ursos e veados de todas as espécies.

Esperava não encontrar tigres, pois sabia que na Índia, esses animais podiam ser perigosíssimos quando famintos, chegando mesmo a atacar os viajantes.

Entretanto, era difícil pensar em outra coisa, a não ser na beleza das flores que cresciam por todos os cantos, e nas orquídeas subindo em espiral pelos troncos das árvores, como se fossem retalhos coloridos.

Lembrou-se de que *sir* Brian Hodgson fizera um catálogo sobre a flora e fauna do Nepal, e agora lastimava não o ter lido antes de ter partido da Inglaterra. Ao mesmo tempo, sentia o quanto gostaria de estar ali com seu pai. Suas viagens pelo Oriente, principalmente no Tibete, o haviam tornado um conhecedor de plantas raras.

Logo que a estrada ficou mais estreita, *Lord* Frome seguiu na frente, igual a um Comandante-Chefe.

Ela, logo atrás, com o grande cortejo de pôneis carregados, com os criados de Sua Excelência na retaguarda. Chandra tinha certeza de que ele ainda lastimava a sua presença.

Embora antipatizasse com *Lord* Frome, Chandra não podia deixar de julgá-lo um belo homem, e apesar de montado num daqueles pôneis montanheses, demonstrava ser um perfeito cavaleiro.

Ela percebeu que após todos aqueles anos, durante os quais não tinham podido dar-se ao luxo de ter cavalos, e tendo montado somente de vez em quando, graças à gentileza de um dos seus vizinhos, sentia-se agora com a musculatura fora de forma. Isso a levou a deduzir que, após um dia inteiro de viagem, estaria num estado lastimável ao chegar a Katmandu.

Entretanto, durante o tempo que passara no navio estivera exercitando-se a fim de fortalecer os músculos, e praticara a respiração *yoga*, que, segundo seu pai dissera,

o auxiliara muito a relaxar durante as escaladas às montanhas altas no Tibete.

Eram apenas exercícios de respiração, mas sentia que
poderiam ajudá-la a aguentar aquilo que representava um
teste importante de sua resistência.

Sabia também o quanto *Lord* Frome ficaria irritado e a
desprezaria, caso ela fraquejasse. Era justamente o que ele
esperava das mulheres. Prometera a si mesma que por pior
que fosse seu sofrimento durante a viagem, não abriria a
boca para queixar-se ou deixá-lo pensar que era incapaz
de fazer tudo igual a um homem.

Haviam viajado um bom pedaço, antes de parar, ao
meio-dia, para almoçar. Não foi realmente uma refeição
muito apetitosa, mas Chandra ficou feliz por descansar, e
também porque sentia fome e muita sede.

Embora protegidos pelas árvores, àquela hora o sol,
mesmo filtrado através dos galhos frondosos, era muito
quente. Ela estava satisfeita por ter trazido um chapéu de
abas largas para resguardar o rosto.

Enquanto comiam, ela observava as borboletas voando
sobre as papoulas e prímulas do Himalaia.

Eram tão lindas, que gostaria de desenhá-las, como às
vezes fizera quando em companhia de seu pai. Contudo,
sabia que aquilo não era uma coisa que pudesse pedir ao
Lord Frome para fazer. Além do mais, tinha certeza de que
estava apressado a fim de continuar a viajar.

Logo depois, ao prosseguirem o caminho, ela viu uma
quantidade de orquídeas enroscadas nas árvores, como
jamais imaginara em toda a sua vida. Nos livros que lera
com o pai, constava que existiam seiscentas qualidades

dessas flores no sopé do Himalaia, e gostaria de saber os nomes das que agora estava vendo.

Ao entardecer, Chandra começou a sentir-se muito cansada, mas preferiria morrer do que admitir tal coisa ao homem que ia montado à sua frente.

Lord Frome não se esforçara por falar com ela durante o almoço, e podia sentir uma aura de animosidade emanando dele.

«Uma coisa é evidente», pensou Chandra, «merecerei bem as seiscentas libras que entregaram a papai, só por aguentar o seu mau humor».

Já estava quase escurecendo, e teve que admitir que não só ela estava exausta, mas também os pôneis. Viu seu criado apontar para a frente, dizendo:

—A colina de *Sisagarhi.*

Chandra olhou para cima e avistou um declive íngreme, que lhe pareceu quase intransponível, no topo do qual viu algo semelhante a uma fortaleza.

—Dormiremos lá— informou o criado com satisfação.

Vinte minutos depois, começaram a escalada.

Chandra fora avisada de que a estrada para o Nepal era árdua e difícil, e agora compreendia que a descrição não fora exagerada.

Ao chegarem ao topo, ela estava ofegante, o mesmo acontecendo com seu pônei. Ao apear dele, viu-se cambaleante e pensou que suas pernas não iriam aguentá-la.

Por sorte, *Lord* Frome estava demasiadamente ocupado e absorto para notar aquilo, quando se dirigiram para o que originalmente devia ter sido uma pequena cidade fortificada. Nela só habitavam alguns camponeses, e havia um *bungalow-dak* para os viajantes. Não era tão bem construído ou confortável quanto aquele de Bairagnia, mas Chandra sentia-se excessivamente cansada para preocupar-se com isso.

Quando Mehan Lall levou sua bagagem para dentro, desembrulhando seu travesseiro e estendendo o colchão sobre a cama, ela sentiu que tudo o que desejava era deitar-se e descansar.

Foi informada de que o jantar estaria pronto em meia hora, por isso fez um esforço e dirigiu-se para o lavatório muito primitivo. Lavou-se e tornou a vestir a mesma roupa que usara na véspera.

Ao entrar na sala de jantar, se é que se podia designá-la com esse nome tão pretensioso, *Lord* Frome já se encontrava presente. A mesa e as cadeiras eram de madeira tosca e não havia toalha.

Foi seguido o mesmo ritual, quanto à escolha de bebidas. Como se sentisse muito cansada, pediu que lhe fosse servido um *whisky*.

Julgou ver *Lord* Frome franzir as sobrancelhas, e embora detestasse aquela bebida, e nem tivesse por costume tomá-la, estava demasiadamente fatigada, para se importar com o que ele ou qualquer outro pensasse de uma mulher pedindo que lhe servissem um drinque considerado exclusivamente masculino.

Viu algumas laranjas a um lado da mesa, e como não gostasse do sabor da bebida, cortou uma ao meio e começou a espremê-la no uísque.

—O criado pode fazer isso— observou *Lord* Frome.

—Eu me arranjo— respondeu.

—Suponho que embora não goste do sabor dessa bebida, está tomando-a só por sentir-se terrivelmente cansada— ele disse isso como se tivesse ganho um ponto de vantagem.

—Não inteiramente. Como deve saber, o álcool nos trópicos é considerado um preventivo contra a febre e outros tipos de doenças. Poderia até ser tido como um anti-séptico.

Nos lábios dele aflorou um ligeiro sorriso, como se soubesse que ela estava fugindo do verdadeiro motivo de sua escolha Contudo, não disse nada. Ficaram calados até que um criado trouxe o indefetível prato de sopa quente.

O menu não era diferente do da véspera, só que Chandra achou o frango ainda mais duro. Recusou o pudim, por parecer-lhe muito igual a um outro que sempre detestara desde criança. Preferiu comer uma fruta.

—Amanhã— disse *Lord* Frome, interrompendo o longo silêncio—, após termos atravessado o vale que fica do outro lado desta cordilheira, vamos subir às montanhas Chandragiri, de onde teremos uma excelente vista do vale do Nepal.

—Estou ansiosa para conhecê-lo. Mas me parece estranho não haver um caminho mais fácil para entrar no país.

—Os nepaleses o julgam bastante fácil. Estão habituados a percorrê-lo levando cargas pesadas às costas. Transportam assim as mercadorias, peles, suas ovelhas e, segundo me contaram, já levaram até um piano de cauda! Isso aconteceu quando o Primeiro-Ministro quis ter um deles. Colocaram o piano dentro de um engradado de madeira, e ele veio por esta mesma estrada, nos ombros de uns cem homens!

—Isso me parece uma crueldade!– exclamou Chandra.

—Depende do ponto de vista. Gostam de ter seu país só para eles e mais ninguém. Quem poderá censurá-los? Julgo que todo mundo gostaria de possuir um pequeno paraíso, no qual pudesse ficar sozinho.

—Tudo dependeria, evidentemente, de com quem a gente partilharia esse paraíso– observou Chandra.

—Está claro– replicou ele friamente. Ao ver que os criados haviam se retirado, continuou–, suponho que deveria ter-lhe perguntado se providenciaram tudo o que precisa. Caso falte alguma coisa, é só avisar a Mehan Lall ou a mim.

—Tudo está perfeito e agora, *milorde*, se me permitir, irei deitar-me, a fim de descansar um pouco para a jornada de amanhã.

Ela se levantou e por um momento *Lord* Frome náo se moveu, dizendo em seguida:

—Creio ter sido um pouco descuidado, não lhe perguntando qual é seu nome de batismo. Certamente, é uma coisa que seu suposto marido deve saber.

—Chamo-me Chandra.

—Um nome indiano– observou ele–, que quer dizer lua.

—Meus pais adoravam a Índia .

Ela já chegara à porta, antes que *Lord* Frome se erguesse.

— Boa noite, Chandra.

– Boa noite, *milorde*– respondeu cerimoniosamente, mas ao dirigir-se para seu quarto, sorria.

Forçara a situação, de modo a ele ter que lhe perguntar o que desejava saber. Pensou então que isso fora uma vitória, embora pequena.

«De uma coisa tenho a certeza» disse a si mesma, «ele pode julgar-se um solteirão inveterado, mas se decidisse se casar, seria difícil encontrar uma mulher que o suportasse! Mesmo sendo um *Lord* muito rico!».

Ao despir-se, pensou, já sonolenta, o quanto desejava encontrar um dia alguém a quem amasse e que também a amasse! Seriam felizes, como o tinham sido seus pais.

O dinheiro não era realmente importante, embora ninguém desejasse morrer à minguar. O emocionante num casamento seria terem os mesmos interesses e as mesmas ambições.

Ao pensar nisso, achou extraordinário o fato de ter conhecido tão poucos rapazes. Nos últimos cinco anos, todos os homens com os quais convivera eram contemporâneos de seu pai, pois, com exceção de *Lord* Frome, ele não conhecia moços que se tivessem dedicado à pesquisa de manuscritos em sânscrito e à sua tradução.

Pareceu-lhe curioso que todos fossem tão velhos! Mas havia sábios jovens.

Sir Brian Hodgson tinha apenas dezanove anos quando fora pela primeira vez ao Nepal, e se interessara pelos tesouros inexplorados que abundavam nos Mosteiros.

Ele também demonstrara interesse pelas flores e plantas do país, bem como pelos animais e pássaros que antes não tinham sido catalogados.

Num dos livros de seu pai, Chandra lera uma das cartas de *sir* Hodgson, publicadas após sua morte, na qual ele dizia:

"A Zoologia e as subdivisões de pássaros e quadrúpedes me divertem muito. Tenho três artistas nativos sempre ocupados em desenhar a natura. Possuo ainda um tigre vivo, um carneiro e um bode selvagens, quatro ursos, três gatos-de-algália e uma vintena dos nossos lindos faisões... uma bela coleção de animais raros!"

Como gostaria de desenhar, pensou Chandra. Enquanto cavalgava pelas florestas, não vira um urso ou um gato-de-algália, mas avistara vários faisões, e gostaria de comentar com alguém a beleza dessas aves.

Sabia que o faisão do Himalaia era um dos pássaros mais lindos do mundo.

Uma vez deitada e antes de adormecer, imaginou como seria formidável se estivesse viajando com alguém a quem amasse. Alguém que compreendesse e sentisse a beleza de tudo quanto ela via, flores, faisões ou árvores que ficariam gravados em sua mente, para que jamais os esquecesse.

Ao ouvir uma batida seca na porta, acordou com a impressão de que mal acabara de fechar os olhos. Sabia que era Mehan Lall chamando-a.

Bocejando, começou a erguer-se da cama, sentindo com tristeza que seus músculos estavam muito rijos e doloridos. Fazia frio, e naquele momento gostaria de tomar um banho quente, que talvez aliviasse as dores de seu corpo. Mas não havia tempo para sequer pensar em tal coisa.

Vestiu rapidamente o traje de montaria. Lembrou-se de que deveriam cavalgar por lugares mais altos e portanto precisaria usar algum agasalho mais quente do que no dia anterior.

Entre as roupas de sua mãe, encontrara um casaco forrado de lá de carneiro, considerado pela Sra. Wardell como sendo o mais precioso tesouro durante suas viagens.

Chandra tirou-o da mala, e já vestida disse a Mehan Lall que deveria amarrar com uma correia aquele casaco na sela de seu pônei, para que assim pudesse vesti-lo quando precisasse.

Ele inclinou a cabeça para mostrar que compreendera, e Chandra saiu correndo para a sala, sabendo que o café já deveria estar esperando.

Ao entrar, viu que *Lord* Frome já havia terminado e estava levantando-se da mesa.

–Está atrasada!– exclamou bruscamente.

–Desculpe. Levantei-me, mal ouvi a batida na porta. Amanhã pedirei para que me chamem mais cedo.

Sentiu que sua explicação não o acalmara, limitando-se a dizer enquanto se dirigia para a porta:

–Vamos sair em quatro minutos!

Chandra pensou que aquela prepotência era intolerável, e teve vontade de dizer-lhe que poderia partir sem ela. Sentiu, porém, a sensação desagradável de que ele realmente o faria, deixando-a sozinha para seguir depois como pudesse.

O café estava demasiadamente quente para ser engolido depressa, foi obrigada a deixar a xícara pela metade e mal comeu alguma coisa, antes de precipitar-se para fora, encontrando já pronta toda a comitiva que a esperava.

Sentindo-se tal qual uma colegial chegando à sala de aulas atrasada, permitiu que a ajudassem a montar. *Lord* Frome pôs-se imediatamente a caminho, e ela seguiu atrás dele conforme o fizera no dia anterior.

Logo depois, começaram a descer por uma encosta íngreme que ia ter num pequeno vale, e em seguida começaram novamente a subir.

A estrada era a pior que já conhecera. Agora compreendia que o governo nepalês considerava as montanhas com suas subidas e descidas como parte das defesas com as quais contavam para manter à distância os visitantes indesejáveis.

Pararam ao meio-dia, a fim de fazer uma refeição, e Chandra certificou-se de que não só lhe custava mover-se, mas também era muito doloroso.

Entretanto, estava decidida a não falar nada, esperando ansiosamente pelo momento em que poderia distender-se e sentar-se numa posição diferente daquela em que estivera montando.

Já estavam subindo há algum tempo, e a vista era muito bonita, com as montanhas agora vislumbradas à distância. À luz do sol, os picos não eram apenas brancos, mas pareciam adquirir uma tonalidade que ia do vermelho ao dourado. Chandra já ouvira descreverem aquilo como sendo a "florescência das neves".

A beleza era tanta, que mais uma vez desejou ardentemente ter a seu lado, um companheiro que com ela se entusiasmasse ante a grandiosidade do panorama.

Lord Frome continuava arredio, o que para ela parecia grosseiro. Resolveu, pois, manter-se em silêncio, desviando o olhar para contemplar somente a vista maravilhosa, e tentar esquecer até que ele existia.

Mesmo assim, sentia como se ele fosse um estorvo. Podia ser comparado a uma nuvem escura encobrindo os raios de sol, ou a uma rocha ameaçadora.

—Se já terminou, acho que podemos continuar— disse ele tão intempestivamente que chegou a assustá-la.

—Sim, está bem— concordou.

Tornou a colocar o chapéu, que tirara enquanto tinham estado sentados à sombra, e bebeu o resto do suco de frutas que fora servido junto com o almoço.

Dirigiu-se lentamente, e andando com muito cuidado, até o pônei que já a esperava. O criado ajudou-a a montar. Ao pegar as rédeas, ela pensou que teria dificuldade para andar, quando chegassem ao local onde dormiriam.

Agora, durante todo o tempo iam subindo, e o indiano lhe disse que um dos motivos pelo qual deviam andar depressa era porque naquele vale poderiam facilmente contrair malária.

Chandra sabia que aquilo era verdade e não tinha o mínimo desejo de apanhar aquela doença horrorosa, que em sua opinião fora o que motivara o ataque cardíaco de seu pai.

Assim mesmo, achou difícil acompanhar a marcha do pônei de *Lord* Frome, e cada vez mais foi aumentando a distância, entre o dele e aquele com que estava montada. Finalmente, ele olhou para trás, obrigou seu animal a parar e ficou esperando que ela o alcançasse.

—Você deve procurar acompanhar-me— disse ele asperamente—, ainda temos um bom pedaço, antes de pararmos para passar a noite.

—Farei o melhor que puder, mas deve compreender que os pôneis, também estão cansados.

—De jeito nenhum! Estão habituados a isso!— replicou ele.

Chandra compreendeu que aquilo era uma indireta. Queria sugerir ué eia não estava habituada a montar, sendo por isso sua a culpa, e não do coitado do cavalinho em que estava montada. Tinha a certeza de que *Lord* Frome estava dificultando tudo e tentando deliberadamente fazer com que ela se sentisse cansada e pouco á vontade.

Na realidade ele fora bem-sucedido, pois algum tempo depois teve que reconhecer que continuar ali montada era uma verdadeira agonia, e começara a sentir-se tão exausta que chegou a pensar que ia cair da sela. Se isso acontecesse, iria rolando e rolando por entre as pedras da montanha, até ficar toda despedaçada!

Agarrou-se à frente de sua sela, obrigando-se a acompanhar a marcha do pônei de *Lord* Frome, ao mesmo tempo em que tentava não gritar, porque sentia dores em todos os músculos.

«Tenho certeza de que papai também se sentiria assim, após passar tanto tempo sem montar», pensou, para consolar-se.

Isso, porém, não era um consolo, e a cada passo do pônei nas pedras soltas, tinha a impressão de que seu corpo inteiro sacolejava insuportavelmente.

Estava tão exausta, que quando finalmente seu criado indiano gritou animado:

–Olhe, *Lady sahib*!– foi difícil compreender o que ele estava querendo dizer.

Viu então à sua frente o que lhe pareceu ser uma pequena aldeia ou um forte que ficava no topo de uma outra encosta íngreme.

Foram subindo cada vez mais, até que afinal, após ter a impressão, de que o tempo se escoara com a lentidão de uma agonia, avistou a mesma espécie de casa na qual tinham ficado na véspera, mas ainda mais primitiva e estragada.

Estava cercada por várias cabanas miseráveis, com os telhados presos por pedras pesadas, nas quais vivia uma quantidade de crianças esfarrapadas.

Muito lentamente e com grande dificuldade, Chandra apeou do pônei e dirigiu-se para o *bungalow*.

Ela lhe pareceu excessivamente pequeno, e ficou imaginando, se haveria um quarto só para ela, ou se seria igual às hospedarias chinesas, nas quais os viajantes dormiam todos juntos numa espécie de plataforma.

Descobriu porém, um quarto empoeirado e que estava precisando de uma boa limpeza, mas estava porém, demasiadamente cansada para se importar com aquilo.

Sentou-se numa cadeira que estalou por baixo de seu peso e permaneceu imóvel, até Mehan Lall, entrar com sua bagagem.

Após abrir a mala, ele estendeu o colchão na cama e desembrulhou seu travesseiro. Em seguida, retirou-se, fechando a porta.

«Tenho que me despir e mudar de roupa», pensou ela, tirando o chapéu.

De repente e sem saber o que estava acontecendo, tudo foi desaparecendo numa nevoa acinzentada...

Lord Frome, que já se refrescara e trocara de roupa para o jantar, esperava impaciente.

Não estava propriamente com fome, mas gostava de ser servido logo que a refeição ficasse pronta, sem nenhuma consideração por qualquer pessoa, e muito menos por uma mulher que se atirara para ele, de um modo que julgava completamente desnecessário.

Bebeu seu *whisky* lentamente e, enquanto o fazia, pensava que no dia seguinte estaria em Katmandu. Começaria então a pesquisa, na qual estava tão interessado.

Supunha que Chandra Wardell pudesse vir a ser útil. Dizia, porém, a si mesmo que se tivesse tido mais tempo, talvez houvesse conseguido entrar em contato com o professor Edmunds, que devia se encontrar em Darjeeling.

Ele não era tão eficiente quanto Barnard Wardell, mas ao mesmo tempo, era evidente que deveria ser muito melhor do que qualquer mulher.

Seus lábios retesaram-se ao pensar, furioso, que era obrigado não só a arrastar com ele uma mulher pelas montanhas do Nepal, mas a apresentá-la como sua esposa!

Durante toda a sua vida, usara de todos os meios para evitar que seu nome pudesse de qualquer forma ser ligado aos de inúmeras mulheres que haviam tentado casar-se com ele, pelo seu título e sua fortuna.

Sabia muito bem o quanto era fácil para um homem ser levado ao casamento, somente por ter sido vítima de boatos falsos com uma determinada mulher. Depois disto, a única coisa digna que podia fazer era oferecer-lhe seu nome.

Decidira que jamais se casaria. A sua aversão pelas mulheres era tão violenta que chegava a afetar todas as suas esperanças sobre a vida e chegara à conclusão de que o modo mais fácil de evitar ser por elas envolvido, era não ter nenhum relacionamento com o sexo feminino.

Isso se tornara mais fácil devido ao seu profundo interesse pelos manuscritos em sânscrito, que o levavam àquelas regiões do mundo às quais o sexo fraco tinha dificuldade em chegar.

Gostava do Tibete, não só devido aos tesouros que descobrira, mas porque lá não via mulheres.

Infelizmente, o Vice-Rei tinha mostrado desejo de ouvi-lo falar sobre suas explorações. Ao visitá-lo em Simla, ele se encontrava tratando com o tipo de homem que mais detestava, o aliciador de mulheres.

Ao ser-lhes apresentado, elas o elogiaram, cobriram-no de carícias, e fizeram tudo que podiam em sua opinião, abusivamente para agarrá-lo. Ele fugira logo que lhe fora possível.

Achava incrível que depois de ter tido tanto trabalho para chegar ao Nepal, o que não fora fácil, e no momento de triunfo, toda a sua satisfação fora prejudicada pelo aparecimento de Chandra, que viera em vez de seu pai.

Lord Frome gostava realmente do professor e admirava sua erudição, por julgá-la sem igual.

Era ridículo pensar, sequer por um instante, que a filha, tão jovem e com a aparência de uma colegial, pudesse ter qualquer coisa da eficiência do pai.

Contudo, era uma característica da vaidade feminina, por ela manifestada, afirmar que possuía aquela sabedoria.

Inicialmente, ficara furioso ao vê-la aparecer inesperadamente. Julgara então que a única coisa a ser feita era deixá-la passar por sua esposa. Estivera a ponto de desistir da expedição e dizer-lhe, como era a sua vontade, que fosse para o inferno.

Mas *Lord* Frome era muito obstinado ao se tratar de conseguir o que queria. Se desejava ir ao Nepal, era isso que ia fazer. Ver tudo prejudicado por uma mulher irritante era muito mais do que podia imaginar.

Rangendo os dentes, dissera a si mesmo:

–Tenho que ficar com ela. Só peço a Deus que possa ser de alguma utilidade, o que duvido muito.

Não explicaria a Chandra o verdadeiro motivo pelo qual se mostrara tão insistente, fazendo-a viajar como sua esposa.

Isso ocorreu-lhe porque o novo oficial da colônia britânica, Coronel Wylie, que não estivera muito tempo em Katmandu, aconselhara-o a não se aproximar dos Mosteiros, com a intenção de examinar seus manuscritos.

Ele lhe escrevera:

"Creio que seria um erro continuar tirando dos nepaleses, daqui por diante, quaisquer tesouros. Como sabe, sir Brinn Hodgson, doou uma

*grande quantidade dos manuscritos em sânscrito,
para a Sociedade Real Asiática e ao Departamento da Índia*

*Não posso deixar de pensar que futuras
gerações ao julgarem essas obras preciosas e raras,
achem que elas deveriam permanecer no Nepal,
ao qual pertencem."*

Devido ao fato de que ele convencera o Vice-Rei a
dissuadir, o Coronel Wylie de sua objeção, estava decidido
a não proporcionar a este último, qualquer desculpa possível para recriminá-lo pessoalmente, portanto, chegar a
Katmandu com uma moça e dando como explicação, ser
ela uma autoridade em sânscrito, era impossível.

Todos os que pertenciam ao círculo do Vice-Rei,
ficariam chocados. Isso também ocasionaria uma cen-
sura, embora cortês e velada, ao prestígio da aristocra-
cia britânica num país pouco desenvolvido como era o
Nepal!

Furioso por ter que se submeter a essa humilhação,
sabendo-a, porem necessária se quisesse continuar sua viagem, *Lord* Frome rendeu-se ao inevitável.

Detestava o que fora obrigado a fazer, bem como
detestava Chandra quase que irracionalmente, por ser
ela o instrumento do que julgava ser uma humilhação
incontestável.

Ao terminar seu *whisky,* percebeu que os criados continuavam esperando. Chandra não dera nenhum sinal de
sua presença.

—Vá dizer à *Lady sahib,* que o jantar está pronto!

—Bati a sua porta, *Lord sahib*, mas não recebi nenhuma resposta— informou seu empregado particular Ide lançou--lhe um olhar carrancudo.

Estaria aquela mulher detestável fazendo-se de difícil deliberadamente? Estaria enfeitando-se, enquanto o fazia esperar? Ou estaria demasiadamente cansada para vir jantar?

Nesse caso, poderia ter tido a delicadeza de avisar, e ele mandaria que o servissem. Pensou em dar uma outra ordem, mas mudou de ideias. Saiu da sala e dirigiu-se para o quarto de Chandra. Irritado, bateu a sua porta. Como não obteve resposta, imaginou que ela pudesse ter saído permeando pelas redondezas, como o fizera na noite anterior.

Abriu a porta e olhou para dentro por um instante, e julgou que ali não havia ninguém. Logo em seguida surpreendeu-se, ao ver Chandra estendida no chão, quase aos seus pés, abaixou-se e observou-a, julgando que estivesse desmaiada, mas logo verificou que estava adormecida.

Suas mãos estavam por baixo do rosto, e com exceção do chapéu, continuava com as mesmas roupas que usara durante o dia.

Lord Frome contemplou-a durante um longo momento. Observou seus cílios longos e escuros em contraste com a tez pálida. A estranha tonalidade dos cabelos, formando ondas de cada lado de sua testa oval, e a curva dos lábios, nos quais parecia pairar um sorriso tímido.

Ouviu a sua respiração compassada e regular, compreendendo que aquele era um sono de exaustão.

Pegou-a nos braços, levou-a para a cama e estendeu-a delicadamente sobre o colchão. Enquanto fazia isso, ela murmurou alguma coisa e quase se aconchegou a ele, como qualquer criança o teria feito, ao sentir a presença da mãe.

Todavia, não acordou, e ele compreendeu que Chandra estava completamente inconsciente de tudo o que estava acontecendo.

Ao retirar os braços de baixo de seu corpo, pensou de repente que ela lhe parecia pequenina, leve e enternecedora.

Por ter estado odiando-a, em sua imaginação ela se lhe afigurara uma mulher vigorosa e dominadora, decidida a conseguir aquilo que desejava, enfrentando-o de um modo que ele detestava. Agora porém, parecia-lhe muito jovem e vulnerável.

Continuou olhando-a e após algum tempo, percebeu que ainda estava de botas, por baixo da saia do traje de montaria. Ele as tirou bem devagar.

Chandra, nem se mexeu, quando ele tornou a colocar seus pezinhos em cima da cama. Em seguida, olhou ao seu redor e viu em cima da cadeira um cobertor mais quente, ali deixado por Mehan Lall.

Com movimentos incrivelmente delicados, num homem daquela envergadura, *Lord* Frome, estendeu-o por cima dela e saiu do quarto, fechando a porta silenciosamente.

Chandra acordou devido a um ruído que ouvira à distância, e apesar de parecer-lhe vir de longe, ela se perguntou por que lhe causava uma impressão irritante e por que não desejava ouvi-lo.

Mas logo depois compreendeu que alguém batia à sua porta, e abriu os olhos.

–Quem é?– perguntou em inglês, por estar ainda meio adormecida para lembrar onde se encontrava.

–Cinco horas, *Lady sahib*– ouviu Mehan Lall anunciar. Lembrou-se então de onde estava, e o que devia estar acontecendo.

Encontrava-se no Nepal, e na noite passada.

Sentou-se, tentando recordar-se do que acontecera na última noite.

Viu que ainda estava vestida com seu traje de montaria, e coberta com um cobertor.

Não fora ela quem fizera aquilo. Lembrava-se de que se sentira horrivelmente cansada, e pensando que deveria se despir. O que teria acontecido?

Como não conseguisse lembrar, automaticamente afastou o cobertor a fim de levantar-se. Viu então suas botas no chão, ao lado da cama.

Compreendeu que alguém devia tê-las tirado. Alguém que a estendera na cama e a cobrira com o cobertor. Mas quem poderia ter sido?

Sabia que Mehan Lall jamais a teria tocado sem a sua permissão. Nenhum, criado indiano ousaria tocar numa *Mem-sahib* branca.

Disso resultava apenas uma pessoa... o que era demasiadamente incrível para ser considerado.

Compreendendo que o tempo estava passando, ela começou a despir-se para tornar a vestir-se. De qualquer forma, já decidira usar uma roupa mais grossa do que na véspera, por saber que deveriam subir o topo do majestoso desfiladeiro de Chandragiri, a uma altitude descomunal e inteiramente branco de neve.

Além da roupa de montaria, deveria usar uma echarpe bem quente no pescoço. Certamente desejaria vestir também o casaco forrado com lã de carneiro, que estava amarrado á sua sela.

Foi só ao tirar a roupa com a qual adormecera, que percebeu o quanto ainda estava com os músculos endurecidos e o corpo dolorido.

«Ele me desprezará porque desmaiei» disse a si mesma, «tenho que parecer completamente diferente esta manhã...».

Foi tremendo o esforço que fez para vestir-se depressa e ainda maior para calçar as botas, mas finalmente conseguiu, e saiu do quarto, dirigindo-se para a sala onde o café já a esperava. Surpreendeu-se ao ver que *Lord* Frome ali não se encontrava.

Sentindo-se grata pela sua ausência, sentou-se à mesa e tomou uma xícara cheia de café antes de tentar comer alguma coisa. Ele lhe daria forças e também coragem para enfrentar *Lord* Frome, sabendo o que deveria estar sentindo depois daquela noite.

Ao escutar seus passos, antes mesmo que ele entrasse na sala, sentiu o coração pular dentro do peito, e viu-se dominada por uma sensação de acanhamento e dúvida.

Era uma coisa que jamais sentira, e disse a si mesma que devia ter vergonha por ter desmaiado de cansaço. Na realidade, porém, representava uma derrota, o que nunca poderia ter acontecido.

—Bom dia, Chandra!— exclamou ele, num tom de voz menos antipático do que o habituai.

—Bom dia— conseguiu ela dizer.

—Fico satisfeito por estar aqui tão cedo— observou *Lord* Frome, ao sentar-se—, quero que desfrute a mais maravilhosa vista de Katmandu, o que ocorrerá dentro de uma hora, após sairmos daqui.

—Estou ansiosa... por... vê-la!

Ficou imaginando por que lhe era tão difícil falar e por que razão, o que estava comendo, parecia grudar em sua garganta.

Não conseguia olhar para ele diretamente, mas sentia seu olhar fixo em seu rosto, como para certificar-se de que ela não seria um estorvo e se estaria se sentindo bem.

—Dormiu bastante na noite passada?— perguntou ele.

Julgando que estava caçoando dela, lembrando-lhe quão vergonhosamente fraca tinha sido, sentiu o sangue subir-lhe ao rosto.

—Sim... obrigada— e então, por ter certeza de que ele estava se regozijando às suas custas, acrescentou—, obrigada por ter se preocupado comigo. Compreendi que só podia ter sido o senhor que tirou minhas botas... e me cobriu com o cobertor.

—Sendo minha hóspede, não podia deixá-la estendida no chão a noite inteira.

Julgou que ele falara secamente. Ao mesmo tempo, teve a impressão de que ficara surpreso, ao vê-la admitir e agradecer por ele tê-la socorrido.

Ficaram em silêncio por um momento, e em seguida ele perguntou:

—Sente-se bem o suficiente para continuarmos?

Chandra ficou tão admirada com a sua consideração, que olhou para ele com os olhos arregalados.

Como se compreendesse o que ela estava dizendo sem palavras, ele prosseguiu falando:

—Só agora percebo que ontem exigi demais de você. Na realidade, foi um dia penoso, mas eu o tornei ainda pior.

—Eu não deveria ter sido tão... imprudente, sabendo que estava sem prática— respondeu Chandra calmamente—, há muito tempo que não temos dinheiro para comprar cavalos.

—Então, como fazem para locomover-se?

—Ficamos em casa— respondeu ela sorrindo—, papai nunca desejou fazer nada, a não ser trabalhar. Como já lhe disse, eu o ajudo.

Lord Frome pareceu escolher as palavras para observar:

—Mas não acha que esse é um tipo de vida muito restrito para uma moça?

—Nunca me importei, porque ficava com papai. Entretanto, quando tínhamos dinheiro e mamãe vivia, costumávamos viajar, isto era realmente muito emocionante

—E foi só anteontem que montou, depois de tanto tempo

—Não, de vez em quando saía a cavalo, graças à generosidade de uma vizinha, ida me emprestava um de seus animais para eu dar uns passeios

—Está me fazendo sentir que fui um tanto cruel...

—Não, por favor... a culpa não foi sua. Contei-lhe que podia fazer tudo quanto meu pai faria, mas estou certa de que ele teria ficado muito menos cansado do que eu, na noite passada.

—Não tenho tanta certeza— contestou *Lord* Frome—, só me resta pedir-lhe que me perdoe.

Ela o olhou espantada, e por sentir-se acanhada apressou-se a dizer:

—Sei que deseja partir logo. Eu já estou pronta.

—Tem certeza de que se alimentou bem? Afinal, deixou de jantar ontem á noite... não que a comida estivesse apetitosa!

Ela deu uma risada, dizendo sem poder conter-se:

—Sopa, frango e pudim de caramelo!

—Não me lembro bem, mas creio que foi isso mesmo— concordou ele, e acrescentou—, se está mesmo pronta, podemos nos pôr a caminho.

Dirigiram-se para fora, e pela primeira vez, *Lord* Frome examinou o pônei de Chandra, para ver se a barrigueira estava apertada como deveria, e se a sela se encontrava bem no lugar.

Como tudo lhe pareceu estar em ordem, ele montou e como sempre saiu na frente. Ele tivera razão ao dizer que a escalada seria árdua. Ao chegarem ao topo do morro e sob o sol nascente, lá estava a imponente cordilheira dos Himalaias, com seus picos brilhantes em contraste com o céu encoberto pela neblina que se elevava em espirais. Seguiu-se uma longa descida, e agora Chandra podia avistar lá em baixo as encostas retalhadas dos lados das montanhas, e que na realidade eram arrozais acompanhando as linhas curvas dos morros.

No meio deles havia casas pequeninas, cabanas mar-rons com telhados de palha, isoladas em pequenos grupos com trilhas diminutas ligando umas às outras.

Ao chegarem mais abaixo, viram inúmeros carregado-res que vinham em sua direção com seu estranho modo de andar– meio caminhando e meio correndo.

Carregavam nas costas enormes fardos de manti-mentos, temperos, paprica e papel nepalês de fabricação doméstica, proveniente de Katmandu para a Índia.

Ainda restava um longo percurso a fazer, mas agora que estavam realmente no vale de Katmandu, parecia-lhes que a viagem terminara, e todas as dificuldades tinham ficado para trás.

Havia apenas uma trilha para subir e descer as encostas.

Passaram por vales com pontes improvisadas, que pare-ciam muito frágeis, sobre torrentes tempestuosas rugindo lá em baixo. Chandra fechava os olhos, esperando apenas que seu pônei as transpusesse, levando-a sã e salva.

Como o calor foi aumentando, ela começou a tirar os agasalhos pesados.

Lera nos livros de seu pai que embora o Nepal fosse tido como um território Himalaia e o "telhado do mundo", seu clima era ótimo. A medida que ia admirando cada vez mais a beleza á sua volta, começou a achar que *Lord* Frome tinha razão, ao referir-se ao Nepal como sendo um "pequeno paraíso".

A tarde já caíra antes de chegarem a Katmandu, e ela verificou tratar-se realmente de uma cidade de palácios e templos.

Parecia impossível que tantos prédios lindos pudessem estar aglomerados num local tão pequeno, além de os próprios nepaleses completarem a impressão de um conto de fadas.

Os homens usavam na cintura seus *khukris,* espécie de facas curvas. As mulheres, saias amplas, cabelos longos e pretos enfeitados com grandes flores vermelhas ou amarelas. Os braços e o pescoço adornados com uma quantidade de enfeites de vidro de cores variadas.

Usavam também um aro dourado no nariz e uma dúzia de argolinhas penduradas em cada orelha.

–É um lugar lindo, cheio de gente bonita!– exclamou Chandra em voz alta, e *Lord* Frome, que se encontrava alguns passos adiante, virou a cabeça.

–Conseguimos entrar no paraíso– observou ele, num tom de voz seco–, espero que não haja um anjo com sua espada chamejante, aguardando-nos para nos expulsar.

–Espero sinceramente que não haja!– gritou Chandra.

Encantada e surpresa, olhou para uma estátua imensa no centro da praça de Kala Bhairab. Representava a *Terrível Entidade Negra*, com uma cabeça decepada em uma das mãos, calcando sob os pés um demônio recentemente conquistado.

Cavalgando seus pôneis, continuaram a marcha, até chegar a residência oficial, onde Chandra supôs que seriam hospedados.

Mal a viu, compreendeu o motivo pelo qual *Lord* Frome se julgava na obrigação de ser um homem respeitável. Era um edifício muito amplo e imponente, no estilo gótico indiano, com os beirais dos telhados providos de ameias, e um torreão pontudo em cada canto.

As janelas góticas, imensas, lembravam as de uma Catedral, e ao entrarem por uma porta enorme de carvalho, Chandra quase teve a impressão de encontrar lá dentro uma atmosfera de santidade O Coronel Wylie era um homem cordial, e pareceu encantado por receber *Lord* Frome. Embora evidentemente surpreso, ao saber que se casara e trouxera a esposa, era demasiadamente educado para demonstrá-lo.

Chandra foi conduzida a um quarto espaçoso e imponente. Sozinha, correu para a janela, a fim de admirar a vista da cidade e além dela. O Himalaia.

«Estou aqui!» disse para si mesma. «Estou aqui! E eu quase julguei impossível o meu plano dar certo».

Agradeceu a Deus intimamente, porque não só chegara ao Nepal, mas agora seu pai poderia recuperar-se no clima ameno de Cannes.

Desde que o lama lhe dissera que o professor tinha muitos anos de trabalho à frente dele, sua ansiedade desaparecera. Muitas pessoas, poderiam julgar um absurdo, ela acreditar no que lhe dissera um homem completamente desconhecido, mas Chandra sabia que ele era um homem santo!

Como conhecera muitos *saddhus* e *gurus* na Índia, e embora alguns fossem impostores, sabia instintivamente quando um deles se dedicava na realidade á vida de orações.

Portanto, não podia ter-se enganado sobre o que sentira irradiar do lama, e sabia também que prometera rezar por ela e que estaria protegida.

Agora, porém, que se encontrava em Katmandu, sentia-se um pouco temerosa, devido ao seu envolvimento com a esmeralda roubada por Nana Sahib. Essas joias eram por demais famosas, para que muitas pessoas não soubessem de sua existência.

Como poderia ser possível que a mais valiosa de todas, a esmeralda proveniente do Mosteiro de *Sakya-Cho,* fosse parar em suas mãos e ninguém ficasse sabendo?

Chandra era bastante sensata para compreender que se alguém descobrisse que ela estava levando a pedra para fora do país, sua vida estaria em perigo.

Sentindo um ligeiro tremor de medo perpassar seu íntimo, olhou para os distantes picos do Himalaia, dizendo a si mesma que era apenas uma parte muito pequena da engrenagem da vida, a engrenagem na qual tudo tem seu lugar, e cada ato, sua recompensa ou retribuição,

Certamente, o Mosteiro tinha direito de recuperar sua pedra preciosa, por eles considerada sagrada. Se ao ajudá-los ela pudesse anular um pouco do mal cometido por Nana Sahib então iria se considerar privilegiada pela oportunidade.

«Não sentirei medo» disse a si mesma.

Mas como não sentir medo, se estava desamparada e só num país estranho, enquanto seu pai, a única pessoa a quem amava, encontrava-se a mil horas e milhares de quilômetros de distância?

CAPÍTULO V

A empregada nepalesa sugeriu a Chandra que descansasse um pouco, enquanto ela desfazia as malas no aposento ao lado, como se estivesse ainda com o corpo dolorido da longa viagem a cavalo. Chandra sentiu-se grata pela sugestão, deitou-se e adormeceu quase que imediatamente.

Acordou assustada, ao ouvir que alguém talava com ela, a empregada tentava dizer-lhe que o banho estava pronto e que precisava vestir-se para jantar.

Despertando inteiramente, sentiu como se tivesse voltado de muito, muito longe, e o que mais desejava era virar-se e continuar dormindo. Contudo, sabia que por mais que estivesse cansada, deveria comparecer ao jantar e desempenhar o papel de esposa de *Lord* Frome. Descobriu que pegado ao quarto havia uma banheira. Esta era uma inovação que não esperava encontrar no Nepal. Ficou imaginando se teria sido introduzida na Residência Oficial por *sir* Brian Hodgson, ou pelo oficial da colônia britânica que o antecedera. Não importava quem a construíra, pois era uma delícia tomar um bom banho de água quente, que recendia a flor do loto. Sentiu que a rigidez dos músculos foi desaparecendo.

Entretanto, ao enxugar-se, verificou que ainda continuava muito can sacia. Esperava poder retirar-se cedo para dormir bastante, antes de iniciar o trabalho de pesquisa, que representava o objetivo verdadeiro dessa viagem.

Aguardava com ansiedade não só o momento de conhecer os manuscritos em sânscrito e o Mosteiro , mas também o de mostrar a *Lord* Frome que não era tão inútil quanto ele julgava.

Não conseguia deixar de pensar que "perdera a dignidade", conforme diziam no Oriente, por ter desmaiado na noite anterior.

Ao mesmo tempo, sentia-se orgulhosa por não ter criado obstáculos a *Lord* Frome, e tampouco ter atrasado a chegada a Katmandu.

Lord Frome não tinha motivos para queixar-se, embora ela estivesse quase certa de que ainda se ressentia do fato de ela ser mulher.

Após enxugar-se, dirigiu-se para o quarto. A empregada já estendera no braço de uma poltrona o vestido que deveria usar, mas ao vê-lo, compreendeu que se esquecera de pedir-lhe que o passasse a ferro.

Tendo permanecido na mala desde que o vestira no navio, estava amarrotado e com um aspeto ainda pior do que tinha na realidade.

Explicou à empregada o que desejava que fizesse. A moça nepalesa sorriu e saiu correndo com o vestido no braço.

Usando um penhoar de lã, e com os cabelos soltos sobre os ombros, ela se dirigiu para a janela. Mais uma vez sentia-se irresistivelmente atraída, pela vista da cidade.

No momento, os picos do Himalaia estavam envoltos nas nuvens. Compreendeu que teria que esperar até o amanhecer para tornar a vê-los em todo o seu esplendor.

Ouviu baterem à porta e admirou-se pelo fato de a empregada ter-se desincumbido de sua tarefa tão depressa. Instintivamente, disse:

—Entre!

Surpresa, viu abrir-se não a porta que dava para o corredor, mas uma que não notara antes. Com a entrada de *Lord* Frome em seu quarto, compreendeu que a porta dava para o aposento vizinho.

Notou que não vestira a roupa que usara para jantar durante a viagem. Estava com uma camisa imaculadamente branca e de peito engomado, e várias condecorações que brilhavam em seu fraque. Chandra teve que admitir, intimamente, a suntuosidade de sua aparência, que lhe infundiu uma admiração reverente, maior do que a habitual.

Surpreendeu-se ao vê-lo em seu quarto, e seus olhos deviam manifestar sua perplexidade ao virar-se para encará-lo.

Ele olhou ao seu redor, como para verificar se estavam sozinhos, após o quê disse:

—Julguei ser conveniente avisá-la, antes que descesse, que o Coronel Wylie me perguntou a respeito da data de nosso casamento.

Pelo seu modo de falar, era evidente o seu descontentamento por ter sido obrigado a mentir ao oficial da colônia.

–Eu lhe disse que a cerimônia fora realizada um pouco antes de termos partido da Inglaterra, e que ainda não tivera tempo para comunicá-la ao Vice-Rei. Disse-lhe que me sentiria grato se ele não mencionasse o fato em suas cartas, e obtive a sua promessa.

Esperou um segundo pela resposta dela, e Chandra murmurou:

–Eu me lembrarei... do que acaba de dizer.

Ele virou-se, dirigindo-se para a porta de comunicação, antes porém de atravessá-la tornou a falar:

–Esta noite, estão nos oferecendo uma festa. Como as nepalesas costumam apresentar-se sempre muito vistosas e cobertas de joias, sugiro-lhe que use o seu melhor vestido.

Disse aquilo casualmente, como se não estivesse interessado. Chandra sentiu-se indignada, não propriamente pelo modo como falara aquilo, mas com sua intuição feminina, compreendeu que não deveria parecer inferior às nepalesas, e muito menos àquele homem que todos supunham ser seu marido.

–Meu melhor vestido!– repetiu ela–, como espera, *milorde*, que a filha de um homem pobre, que passa a vida traduzindo manuscritos em sânscrito, possa dar-se ao luxo de ter um vestido novo de qualquer espécie?

Falou isso agressivamente, e ao notar a surpresa no olhar dele, prosseguiu, elevando um pouco a voz:

– Nunca lhe passou pela cabeça que meu pai, considerado pelo senhor o maior em seu campo de trabalho, tenha dificuldade para viver com a insignificância que recebe pelas traduções dos manuscritos, às quais o senhor dá tanto valor?

Por estar cansada, o autodomínio a que se obrigara desde que se encontrara com *Lord* Frome, falando humildemente e ocultando seu ressentimento pelo modo rude como ele a tratava, esgotou-se naquele instante. Mandou a prudência às favas.

—Talvez agora, tendo chegado ao Nepal, deva contar a verdade. Fiz esta viagem porque o único modo pelo qual poderia salvar a vida de meu pai era guardar o dinheiro que o senhor lhe entregou, para mandá-lo passar o inverno no sul da França.

Era evidente que *Lord* Frome estava atônito com seu ataque, mas Chandra continuou:

Papai estava tão doente, não só pelo estado em que se encontrava seu coração, mas por não ter uma alimentação adequada! Nenhum homem poderia sentir-se bem, vivendo como vivemos nestes últimos seis meses, alimentando-nos de ovos e verduras.

Respirou fundo, e prosseguiu:

—Raramente podíamos comprar pão, para não falar de carne, porque não tínhamos com que pagar aos fornecedores. Naquele dia em que foi visitar meu pai, eu estivera-me perguntando, o que poderia ainda vender, para assim... comprar o suficiente para nos mantermos... vivos.

Ao dizer essas últimas palavras, a voz pareceu que lhe faltava. Virou-se para a janela, acrescentando num tom amargo:

—Descerei para jantar usando um vestido que minha mãe fez para ela há oito anos. Foi consertado para mim, após sua morte. Há três anos que o uso. Está desbotado e velho, e é o que ele parece!

Fez uma pausa, para logo em seguida acrescentar acintosamente:

—Se está envergonhado com a aparência de sua "esposa", tenho certeza de que inventará uma mentira plausível, para explicar o motivo pelo qual não constituo motivo de orgulho para o senhor.

Parou de falar e sua respiração saía ofegante pelos lábios entreabertos. Seu coração batia descompassadamente pela intensidade com que falara.

Logo depois, ao esperar que *Lord* Frome contestasse, escutou a porta de comunicação fechar-se e compreendeu que ele se retirara.

Em seus olhos brotaram lágrimas de cólera, que foram escorrendo pelas suas faces, e ela as enxugou violentamente.

Disse-lhe a verdade, pensou, se não gostou, não há nada que eu possa fazer!

Sentou-se à penteadeira e começou a arrumar os cabelos. Seu instinto feminino obrigou-a a tentar adquirir uma aparência moderna. Agora já não havia motivo para desejar aparecer como uma intelectual, conforme o fizera ao encontrar-se pela primeira vez com *Lord* Frome.

Penteou os cabelos para cima, dizendo a si mesma que se as nepalesas esperavam uma inglesa que parecesse estranha aos seus olhos, a única pessoa com a possibilidade de criticar sua aparência seria o Coronel Wylie.

Mal acabara de arranjá-los, a empregada voltou com seu vestido. Estava bem melhor do que quando o tirara da mala.

Vestiu-o, apesar de verificar que a seda branca, de tão velha, tornara-se da tonalidade do marfim, e a renda barata que guarnecia o decote já não possuía o mesmo desenho de quando era nova. Entretanto, o corpete justo revelou seu busto bem proporcionado, e a sua cintura fina, sobressaiu por cima da saia rodada Todavia, com seu espírito crítico bem feminino, concluiu que o vestido estava praticamente um lixo, e evidentemente não à altura da suntuosidade de *Lord* Frome, fulgurante com as suas condecorações.

Ouviu que batiam à porta, e a empregada foi atender. Ao voltar, carregava numa bandeja de prata dois ramalhetes de orquídeas e uma taça de champanhe.

Surpresa, Chandra olhou para aquilo e pensou que *Lord* Frome tinha um modo prático de desculpar-se. Não se sentiu exultante como se tivesse ganho uma batalha, talvez porque estivesse cansada, sentiu vontade de chorar.

Tomou um gole do champanha, e, pegando um dos ramalhetes, ergueu-o á altura dos cabelos, ouvindo a empregada fazer uma exclamação e tirá-lo de sua mão.

Jeitosamente, ela colocou as orquídeas não sobre seus cabelos, mas prendeu-as na parte posterior da cabeça, conforme as nepalesas costumavam usar. Pegou então no segundo ramalhete e apontou para a cintura, dando a entender que era ali que devia colocá-lo.

É evidente que as flores deram-lhe um certo encanto. Ao terminar de beber o champanhe, pensou consigo mesma que agora poderia descer, sentindo-se confiante e não mais insignificante como antes.

Um empregado de libré branca e vermelha, a esperava para acompanhá-la ao atravessar o vestíbulo todo de mármore.

Ouviu o tagarelar das vozes, quando ele a deixou à porta do salão de festas, leve a impressão de que ia entrar e deparar-se com uma gaiola de papagaios num zoológico exótico.

O salão espaçoso, com o teto em madeira e os retratos imponentes dos ex-oficiais da colônia britânica, pareceu-lhe cheio de cores e brilho. Por um instante, ela ficou confusa, com tanto movimento, mas logo em seguida notou que os convidados estavam todos vestidos de cores vivas. Não só as mulheres usavam saris coloridos, mas os uniformes dos homens eram de tonalidades variadas, e as suas condecorações rivalizavam com as joias das esposas.

Jamais em sua vida Chandra vira esmeraldas, rubis, diamantes tão grandes em colares e pulseiras. Muito menos no nariz e nos cabelos da cor do azeviche daquelas senhoras nepalesas.

Podia perceber claramente, porque *Lord* Frome a aconselhara a usar seu melhor vestido. Por um momento, sentiu ímpetos de fugir daquela gente colorida e brilhante, e esconder-se em seu quarto, mas, no mesmo instante, o Coronel Wylie aproximou-se e apresentou-a ao Primeiro-Ministro e esposa, e depois aos outros convidados, todos com títulos importantes e compridos e de nomes quase impronunciáveis.

Essa, porém, era a única dificuldade no que se referia a eles. Os olhos escuros dos nepaleses brilhavam, seus lábios sorriam e conversavam muito animados e encantados ao ver que Chandra compreendia seu idioma, e era capaz de responder empregando-o.

Quando se sentaram à mesa para jantar, que foi servido num estilo considerado por Chandra, como semi-régio, com um criado por trás de cada cadeira, ela já esquecera a sua aparência. Estava divertindo-se, por ser aquela festa completamente diferente de todas as que tivera oportunidade de assistir anteriormente.

Desde o momento, em que entrara no salão de festas, não ousara olhar para *Lord Frome.* Foi só quando já estava sentada, tendo o Primeiro-Ministro á sua direita e um General de *Gurkas* à esquerda, é que lançou um olhar para ele.

Inesperadamente, viu que parecia muito jovial com a senhora nepalesa sentada à sua direita. Estava achando graça de algo que ela dissera. Pareceu-lhe então muito mais bonito e mais jovem.

«Que pena que não possa ser sempre assim» pensou Chandra, e apreensivamente, ficou imaginando se estaria muito irritado com tudo o que lhe dissera no quarto.

Chegou à conclusão de que agira mal. Por mais grosseiro que ele tivesse sido durante a viagem, ela não tinha nenhuma desculpa, para revidar da mesma forma.

Afinal, devia-lhe gratidão pelas seiscentas libras que fariam com que seu pai recuperasse a saúde. Ao menos por isso deveria ser-lhe agradecida.

«Preciso desculpar-me» pensou decididamente.

Para Chandra, era impossível guardar rancor ou antipatia por alguém, por mais desagradável que fosse. Tendo conseguido aliviar-se por meio do que seu pai classificava como um "desabafo", a sua mágoa e o que lhe parecera ser uma aversão positiva por *Lord* Frome haviam desaparecido. Sentiu-se envergonhada pela sua atitude. Durante a viagem, encontrara todas as desculpas para o comportamento dele.

Sendo tão orgulhoso, ela podia compreender que naquele momento *Lord* Frome devia estar odiando aquela simulação na qual figurava como seu marido, e também ter sido obrigado a mentir para o Coronel Wylie. Em vez de mostrar-se compreensiva e simpática, ela simplesmente descarregara sua raiva sobre ele, só porque tocara em sua corda sensível.

Nenhuma mulher, jovem ou velha, por mais inteligente que fosse, deixaria de sentir-se deprimida por jamais ter um vestido novo, e nunca conseguir usar qualquer coisa, a não ser o que Ellen costumava chamar de "trapos velhos".

A não ser as roupas de sua mãe, adaptadas para ela, jamais usara qualquer coisa que tivesse escolhido pessoalmente.

Qualquer dinheiro que sua mãe gastasse em roupas era para os trajes de montaria e outros vestidos necessários durante suas viagens para acompanhar seu marido. Ela os levava do calor ardente das planícies ás regiões geladas e cobertas de neve.

Ao se instalarem no país, os vestidos mais bonitos tinham sido feitos por ela mesma, auxiliada por Ellen. Embora bem cortados e de costura perfeita, o tecido era barato. Muitos deles caíram aos pedaços, após Chandra tê-los usado durante vários anos.

Ela sempre procurara convencer-se de que as roupas não eram importantes, o que valia era a inteligência.

Contudo, quando ia à Igreja aos sábados e via as mocinhas de sua idade, filhas de fazendeiros locais, usando roupas modernas e atraentes, era-lhe impossível não sentir uma pontinha de inveja. Desejava ardentemente possuir uma coisa nova, nem que fosse só uma rosa para colocar em seu chapéu.

«Como posso esperar que alguém como *Lord* Frome consiga entender?» perguntou a si mesma. «Ele é rico. Teve sempre tudo o que desejou na vida. Como pode ele ter uma ideia do que seja viver sem fazer dívidas, quando o dinheiro não entra em casa?»

Entretanto, não queria que seu remorso, por ter perdido a calma estragasse sua noite. Fez um esforço para rir e conversar com os dois cavalheiros nepaleses, sentados ao lado dela.

Quando as senhoras se retiraram para a sala de visitas, sentiu um prazer imenso em conversar com aquelas mulheres de voz suave. Não conseguia deixar de admirar suas joias.

As esmeraldas que tantas delas usavam trouxeram à sua memória a pedra sagrada que deveria levar do Nepal para a Índia.

Durante o jantar, desejara tanto perguntar ao Primeiro-Ministro se poderia ver a esmeralda de Nana Sahib. Segundo o que o lama dissera, media sete centímetros e meio de comprimento e deveria encontrar-se entre as insígnias das ordens honoríficas.

Acabou, porém, convencendo-se de que seria um erro até admitir ter ouvido falar de Nana Sahib. Começou a sentir-se, como se usasse parte de um drama que terminaria em terror e perigo. Isto porque já se sentia inibida em falar o nome de um homem e apreensiva pelo que lhe pudesse acontecer no futuro.

As senhoras nepalesas tagarelavam alegremente. Convidaram Chandra para visitar seus Palácios, e orgulhosamente contaram-lhe que várias peças de suas mobílias e outros objetos de luxo tinham vindo da Europa, por aquela mesma estrada que ela acabara de percorrer para chegar ao Nepal.

Um pouco mais tarde, os cavalheiros juntaram-se a elas na sala de visitas. O Primeiro-Ministro insinuou que estava na hora das despedidas e imediatamente, como se obedecendo a um sinal, todos os outros convidados começaram a retirar-se.

Como ainda fosse cedo, o Coronel Wylie explicou que a maioria dos nepaleses iniciavam seu dia ao alvorecer, por isso raramente se deitavam tarde.

—Para nós, isso é um grande consolo— disse *Lord* Frome antes que Chandra pudesse falar—, pois minha esposa e eu, teremos que partir muito cedo, para chegarmos ao Mosteiro.

O Coronel Wylie lançou-lhe um olhar rápido, como se estivesse pondo em dúvida seu bom senso relativo à pesquisa dos manuscritos, após a carta que lhe enviara sobre o assunto. Contudo, como não dissesse nada, *Lord* Frome continuou:

–Assim sendo, desejamos-lhe uma boa noite e agradecemos a reunião tão agradável que nos ofereceu. Achei o Primeiro-Ministro um homem encantador.

–Bir Sham Shir, é um Administrador progressista e moderno– observou o Coronel Wylie–, e sua capacidade para divertir-se, excede a de seus predecessores.

–Esta noite esteve contando-me que está construindo uma piscina em um de seus Palácios. Esta parece realmente uma inovação singular, principalmente nesta parte do universo.

O Coronel riu e respondeu:

–Acho que ele sofre da obsessão de água. Num outro de seus Palácios, cercado por um canal circular, costumava atravessar pulando os repuxos iluminados com luzes coloridas.

Chandra exclamou:

–Ah, agora compreendo o que a esposa do Primeiro--Ministro quis dizer, quando me perguntou se eu gostaria de ver as águas coloridas! Deve ser realmente um espetáculo magnífico!

–Certamente devemos proporcionar-lhe uma oportunidade para aceitar esse convite, *Lady* Frome– observou o Coronel Wylie–, e agora, permita-me dizer-lhe que fez muito sucesso esta noite. Meus convidados, ao se despedirem, fizeram-me os mais entusiásticos elogios a seu respeito.

Chandra corou, respondendo em voz baixa:

–Muito obrigada.

–Espero que tenha a oportunidade de conhecer muitos outros nepaleses enquanto estiver aqui– acrescentou o Coronel–, estou certo de que receberá uma quantidade imensa de convites, quando aqueles que a conheceram esta noite começarem a enaltecê-la por toda Katmandu...

–O senhor está me deixando... encabulada– murmurou ela.

Enquanto ele falava, Chandra olhou para *Lord* Frome disfarçadamente, para observar se estava satisfeito ou indiferente ao fato de ela ter sido um sucesso.

Contudo, viu que ele já se dirigia para a porta, e compreendeu que tinha pressa para retirar-se.

Gostaria de ter continuado ali, ouvindo mais elogios. Em toda a sua vida, raramente tivera uma chance de escutá-los, sabendo, porém, o que devia fazer, estendeu a mão dizendo:

–Boa noite, Excelência, e muito, muito obrigada pela mais encantadora reunião de que participei ate hoje.

Disse aquilo com uma sinceridade nua evidente, que o Coronel não pôde disfarçar sua satisfação.

Ela se apressou em ir ao encontro de *Lord* Frome.

Subiram as escadarias juntos, e ao abrir a porta do quarto para ela, disse:

–Boa noite, Chandra.

–Boa noite, *milorde,* muito obrigada pelas orquídeas.

–Elas lhe assentaram muito bem– observou ele, fechando a porta logo em seguida.

Mais um outro elogio, embora muito pequeno, do homem que estava passando por seu esposo. Sentiu que devia ter aproveitado aquela chance, para desculpar-se pelo seu comportamento algumas horas antes. Talvez ficasse com medo de que ela continuasse a manifestar sua ira contra ele.

Todos os homens detestavam cenas, e fora isso o que ela fizera. Deveria sentir-se, como Ellen diria, "profundamente envergonhada de si mesma".

Num impulso, e sem pensar realmente, Chandra atravessou o quarto e bateu à porta de comunicação.

Por um momento não houve resposta, mas em seguida, num tom de voz que indicava surpresa, ele disse:

—Pode entrar.

Rapidamente, Chandra entrou no quarto e começou a falar de modo precipitado:

—Queria... queria apenas dizer-lhe que lastimo muito... ter sido tão indelicada antes do jantar. Por favor... perdoe-me. Não tenho nenhuma desculpa por ter agido daquele modo, a não ser porque estava muito, muito cansada...

Lord Frome caminhou até ela.

—Compreendi perfeitamente, mas o que eu não sabia era que seu pai, estava vivendo em condições tão precárias.

—Não existe nenhum motivo para que devesse preocupar-se connosco— observou Chandra humildemente—, salvo porque papai lhe seja útil...

—E muito. Contudo, embora soubesse que os homens sábios lamentavelmente são mal remunerados, imaginei se é que de fato pensei nisso, que seu pai tivesse uma renda própria...

—Papai recebe uma pensão de setenta libras anuais da Sociedade Asiática de Bengala. No ano passado, o senhor lhe pagou cento e cinquenta pelas traduções de dois manuscritos.

—E foi tudo que ele recebeu?— indagou *Lord* Frome.

—Houve também cerca de vinte libras de direitos autorais de livro anteriores, e ele escreveu alguns artigos que lhe renderam cinco libras. As revistas que costumam publicá-los têm uma circulação muito pequena.

Lord Frome tornou-se ainda mais sério, ao dizer:

—Devia ter compreendido isso antes, mas, para ser sincero, nunca me passou pela cabeça que homens eruditos, com a reputação de seu pai, não fossem mais considerados financeiramente.

—Papai tem a mais imponente coleção de honrarias provenientes de diversos países. Infelizmente, não podemos comê-las:

—Estou começando a compreender— observou *Lord* Frome—, Chandra, para ser sincero, é espantoso tudo o que me contou...

—No momento está tudo ótimo— disse ela, como se estivesse tranquilizando-o, graças ao dinheiro que entregou a papai, ele pode ir para uma pensão modesta em Cannes, junto com Ellen, nossa fiel criada. Se passar o inverno lá, tenho certeza de que estará completamente restabelecido quando eu voltar.

—E o que acha que acontecerá então?

Chandra sabia que a resposta para isso, era que esperava receber as restantes seiscentas libras que ele prometera ao seu pai. Imaginou, contudo, que talvez por tê-lo substituído, *Lord* Frome não a julgasse merecedora do mesmo dinheiro, como se fosse um homem.

De qualquer forma, era impossível expressar suas esperanças em palavras, portanto disse apenas:

–Espero… que as coisas melhorem. Os deuses têm sido generosos até o momento. Se encontrarmos o *"Manuscrito Lótus"*, não haverá melhor tônico para papai…

Sorriu ao falar nisso, mas ele não lhe retribuiu o sorriso ao dizer:

–Acho que algum dia você e eu teremos uma conversa séria sobre o futuro de seu pai, mas não esta noite.

–Não, não esta noite– apressou-se Chandra a concordar.

–Vá deitar-se, e procure lembrar-se apenas de que obteve um grande sucesso com os nepaleses, e que amanhã descobriremos o *"Manuscrito Lótus"*.

Foi só então que ele lhe sorriu, e ela tornou a sorrir-lhe.

De repente, como se alguma coisa indefinível a fizesse encabular, voltou rapidamente para seu quarto.

–Boa noite, *milorde*– disse, porém, antes de sair–, lamento muito, mas muito mesmo… por ter me comportado tão mal.

Ao fechar a porta, pensou que suas últimas palavras tinham sido um tanto infantis. Mas, logo em seguida, refletiu que por mais irritado que ele pudesse ter se sentido, no momento *Lord* Frome a perdoara, e não estava pensando em seu comportamento lastimável, mas sim em seu pai.

–E é corno deveria ser!– tentou dizer a si mesma enquanto se despia.

Mas, por qualquer razão, seus sentimentos para com *Lord* Frome já não eram tão exacerbados. Em vez disto, ao deitar-se, ficou imaginando quem poderia tê-lo feito sofrer tão profundamente, e com todas as oportunidades a seu favor, por que até hoje não encontrara alguém realmente admirável, que compensasse aquele sofrimento.

Chandra teve a impressão de que mal adormecera, quando antes de ter amanhecido, ouviu a criada puxando as cortinas.

Mas sentiu-se presa de uma intensa excitação, que espantou a sonolência. Apesar de ter ainda algumas pontadas de dor nos ombros, pulou da cama e correu para a janela.

Como esperava, o sol refletido nas montanhas era ainda mais belo do que fora antes. Os picos brilhavam intensamente no azul do céu, mas por baixo deles, as nuvens brancas escondiam tudo, exceto as pontas da extensa cordilheira, que quase pareciam circundar o vale. Era como se fosse um mar de nuvens.

Enquanto Chandra, admirava a paisagem, o sol começou a despontar, passando de um pico para outro, transformando-os de brancos em avermelhados, e de avermelhados em dourados.

O espetáculo era tão admirável que ela permaneceu apenas olhando, e sentindo com se estivesse movimentando-se através das próprias nuvens na direção do sol, que era a luz espiritual dos deuses. De repente, sobressaltou-se ao lembrar tudo o que tinha pela frente. Receou não só deixar *Lord* Frome esperando, mas perder um instante do tempo que deveria dedicar à procura dos manuscritos preciosos.

Imaginou que o dia seria quente, portanto vestiu a saia de montaria que lhe pareceu ser a mais leve, com uma blusa de cambraia.

As janelas davam para o jardim e através delas viu os canteiros cheios de flores e orquídeas de todas as cores, sendo que estas eram maiores do que aquelas que vira nas montanhas. Havia também camélias e uma quantidade enorme de flores suas conhecidas, crescendo quase que numa profusão tropical.

–É maravilhoso!– exclamou. Foi só então que notou *Lord* Frome de pé, desde que ela entrara na sala, esperando-a sentar-se à mesa.

–Não vou demorar– apressou-se a dizer–, estou atrasada?

–Não. Tem dez minutos para tomar seu café, antes de os pôneis chegarem.

–Fica distante?– perguntou ela, enquanto se servia do que o empregado lhe oferecia.

–Acho que fica a uns cinco quilômetros e meio de Katmandu. Contudo, é uma subida, pois o Mosteiro está construído ao lado de uma montanha.

–Acha que por ser mulher não poderei entrar?– perguntou em voz baixa.

Pela primeira vez ocorreu-lhe que poderia ser excluída da busca dos manuscritos. Entretanto, sabia que muitos Mosteiros budistas permitiam que as mulheres de conventos a eles associados entrassem por todas as partes, menos naquelas consideradas as mais secretas.

–Já fiz minhas sindicâncias a esse respeito– disse *Lord* Frome–, embora não possa entrar na parte do Mosteiro onde os monges vivem, terá licença de frequentar a biblioteca.

–Graças a Deus!– exclamou ela–, de repente, tive medo de que pudessem impedir minha entrada. Contudo, tenho certeza de que papai saberia, caso fosse provável que isso acontecesse.

–Poderá entrar– repetiu ele–, e só assim verei se é tão eficiente quanto me afirmou, ao reconhecer as épocas e as origens dos manuscritos que estão lá guardados

Era isso que Chandra esperava ouvir dele, mas por qualquer motivo, as palavras não lhe pareceram críticas nem assustadoras.

Em vez disso, teve a impressão de que ele estava provocando-a. Desviou os olhos do prato, para descobrir um brilho diferente em seu olhar.

–Devo também informá-la– tornou a dizer o *Lord*– que você não me parece nem um pouco uma intelectual, o tipo de mulher que sempre me assustou!

Chandra riu.

–Não acho que possa assustar-se com qualquer coisa, mas fico apavorada só em pensar que posso dececioná-lo se o *"Manuscrito Lótus"* estiver bem em baixo de meu nariz e eu não conseguir reconhecê-lo!

–Você pareceu-me muito mais confiante do que agora, quando estava em Bairagnia!– observou *Lord* Frome.

Mais uma vez, ele deu a impressão de estar provocando-a, e um leve sorriso pairou em seus lábios.

–Só o futuro o dirá– replicou Chandra–, e como já terminei o café *milorde,* estou pronta para iniciar nossa viagem de descoberta.

–Esse *é* o termo certo!– exclamou ele.

Lá bem mais tarde, quando atravessavam a cidade montados em seus pôneis, *Lord* Frome disse-lhe:

–Tenho um pressentimento de que o motivo pelo qual não vimos nosso anfitrião esta manhã é porque ele não aprova o que estamos fazendo.

–Não aprova?– indagou ela, surpresa.

–O Coronel Wylie é de opinião que já bastam os manuscritos que saíram do Nepal. Assim sendo, quero-lhe sugerir, que quaisquer descobertas que venhamos a fazer guardemos só para nós e não participemos a ele.

–Claro que não, se é isso o que ele pensa!– exclamou Chandra, perguntando aflita:

–Ele pode nos impedir de tirar os manuscritos de lá, quando encontrarmos aqueles que queremos?

–Não, esse assunto ficará inteiramente entre mim e o abade. Como a maioria dos Mosteiros necessita de fundos, não vejo nenhuma dificuldade nesse setor.

Chandra deu um suspiro de alívio, antes de dizer:

–Seria horrível demais descobrir o *"Manuscrito Lótus"*, e depois nos informarem de que não podemos ficar com ele, e voltarmos para casa de mãos vazias.

Tenho certeza de que não acontecerá isso Mesmo se ele iá não rés encontrar, pelo que ouvi dizer, existem outros manuscritos de um interesse extraordinário, contanto que você possa reconhecê-los.

–Está me deixando nervosa. Mais do que nunca, desejaria que papai estivesse aqui connosco...

–Se ele estivesse, imagino que você agora estaria em sua casa– observou *Lord* Frome. Olhando-o de esguelha,

Chandra pensou que era bem típico dele fazer com que tudo parecesse prático e realístico.

Enquanto conversavam, seus pôneis iam atravessando Katmandu. Ela estava emocionada com os templos, os pagodes que pareciam ser mais numerosos do que as casas.

Após passarem por vários Palácios brancos e suntuosos, deixaram a cidade para trás. Seguiam agora por uma estrada estreita e rústica com fossos de escoamento em cada um dos lados. Como a cada instante encontrassem os camponeses carregando nas costas tardos de lenha ou cestas de verduras penduradas num bambu, que levavam sobre os ombros, viram-se obrigados a prosseguir em fila indiana, sem poderem conversar.

Logo depois chegaram ao sopé das montanhas. Finalmente começaram a subir, cada vez mais para o alto, e por um caminho quase perpendicular. Assim continuaram, até que acima deles, de um lado da montanha, Chandra avistou o Mosteiro.

Era exatamente igual àqueles sobre os quais seu pai lhe falara após ter visitado o Tibete. Ao chegarem mais perto, ela sentiu uma onda de emoção ao ver uma casa enorme como que incrustada na rocha. Ela se elevava nas alturas, sombria, com inúmeras janelas, parecendo quase impossível que tivesse permanecido onde estava, sem desmoronar e cair nas profundezas do vale que ficava abaixo.

O caminho formava ziguezagues. Quando Chandra sentiu que deviam estar chegando ao término da viagem, surpreendeu-se com um ruído ensurdecedor, que parecia ecoar e repercutir entre as montanhas.

No mesmo instante, compreendeu que o eco estava emitindo o som das trombetas com as quais cada Mosteiro, saudava seus hóspedes.

Ao chegarem em frente ao portão, viu uma quantidade de monges que esperavam para recebê-los.

Ao apearem de seus pôneis, um lama mais idoso, diferente dos outros por usar um capuz pontudo com abas, que caíam sobre os ombros, aceitou um cachecol de seda, oferecido por *Lord* Frome.

Chandra sabia que aquilo representava o cartão-de-visita, nas regiões que circundavam o Himalaia.

Em seguida, o lama conduziu-os para o interior da casa, Chandra sentiu que os monges a observavam disfarçadamente com seus olhos oblíquos.

Passaram por um corredor quase igual a um túnel, e então chegaram a uma porta pela qual entraram numa sala com uma janela imensa. Dela se descortinava o vale inteiro.

Naquele momento, porém, Chandra só tinha olhos para as prateleiras que enchiam toda a sala. Pela descrição de seu pai, sabia que ali se encontravam os manuscritos que buscavam. Conforme esperava, viu-os envoltos em sedas desbotadas, e alguns, segundo o sistema chinês, guardados em caixas estreitas e primorosamente confecionadas.

Encantada, ficou olhando à sua volta, enquanto *Lord* Frome conversava com o lama no idioma dele, empregando um estilo floreado que soava como a mais bela poesia.

No centro da sala havia uma mesa comprida de pau-
-rosa, e ao seu lado, duas cadeiras com figuras simbólicas
esculpidas na madeira.

Finalmente, o lama inclinou-se com uma mesura, des-
pedindo-se de *Lord Frome* e de Chandra. Mal a porta se
fechou atrás dele, com os olhos brilhantes, ela exclamou:

—Eis-nos aqui! Olhe para esses tesouros que nos cercam!
Nunca imaginei e jamais acreditei, que veria realmente
uma biblioteca, exatamente como papai me descreveu!

Lord Frome, lançando um olhar á sua volta, perguntou:

—Por onde começamos?

—Não acho que isso importe. Pode encarregar-se
daquele lado da sala, e eu deste.

Era como uma espécie de caça ao tesouro, uma brinca-
deira da qual participara quando criança. Esta porém, era
mais excitante e muito mais emocionante do que poderia
imaginar.

Cada manuscrito que tirava de seu lindo envoltório de
seda parecia uma preciosidade de um valor inestimável,
até descobrir que muitos deles eram na realidade recentes
em comparação com outros.

Como estivessem datados em sânscrito, ela os traduziu
para *Lord* Frome, após estarem trabalhando há uns vinte
minutos.

—*Ratna Pariksba*. Está datado de *Samvat* 774, o que
significa 1644 d.C. Quer ver este aqui?

—É evidente. Não encontrei nada tão antigo, na última
biblioteca que avistei.

—Acho que tem umas trinta e cinco folhas.

Assim falando, tornou a embrulhar o manuscrito conforme o encontrara, colocou-o sobre a mesa, e explicou:

—E um tratado sobre joias preciosas, mas espero que já tenha percebido. Para ser sincero, não!

Abriu inúmeros manuscritos, encontrando um datado de 1814, mas todos os outros eram mais recentes.

De repente, fez uma pequena exclamação:

—Eis aqui algo muito raro, que julgo poderá emocioná-lo.

—O que é?— perguntou *Lord* Frome dando a volta à mesa e aproximando-se dela.

—É um tratado em *Sloka*s de vários assuntos relacionados com cozinha e iguanas. Está escrito em folhas de palmeira, e datado de *Samvat* 484.

—Tem certeza?

—Absoluta! É 1364 d.C. Para uma obra destas, é uma raridade.

—De fato... é muito antiga!— concordou ele—, aí está uma coisa que evidentemente devo comprar!

Chandra virava as folhas de palmeira, com um cuidado incrível. Em cada página havia apenas seis linhas, mas podia notar que com uma tradução meticulosa, que levaria algum tempo, devia ser extraordinariamente interessante.

Voltaram ao trabalho, para interrompê-lo somente ao meio-dia, a hora do almoço. A refeição lhes foi trazida pelos criados de *Lord* Frome.

Mehan Lall foi quem os serviu, depois de ter arrumado tudo em uma das extremidades da mesa comprida, na qual estavam trabalhando.

De início, Chandra julgou aquilo uma perda de tempo precioso. Depois, acabou deliciando-se com a comida que fora feita na residência oficial, e o vinho era dos melhores. Segundo *Lord* Frome explicou, era feito com uvas das videiras cultivadas no vale.

Comeram rapidamente, e quando terminaram Mehan Lall retirou tudo, e eles voltaram ao exame dos manuscritos.

Acharam que um grande número deles era praticamente sem valor. Entretanto, Chandra descobriu mais um que *Lord* Frome estava decidido a comprar.

Foi somente quando ele a avisou de que já estava na hora de voltarem, que Chandra percebeu, como tinha sido insignificante aquela primeira pesquisa nos milhares de manuscritos, que enchiam as prateleiras do teto ao chão.

Bem no alto de uma delas, que só poderia ser alcançada por meio de uma escada alta, conseguiu avistar pequenos maços de seda desbotada. Tinha quase certeza de que cada um deles continha uma obra-prima.

Todavia, era provável que levariam meses e meses para examinar tudo.

Ao saírem do Mosteiro, tornaram a montar em seus pôneis, após terem sido acompanhados até a saída por um dos lamas, que Chandra viu, quando *Lord* Frome lhe deu um presente que foi recebido com evidente satisfação.

Em troca, os dois receberam pequenas echarpes de seda com orações gravadas.

Chandra só conseguiu ler a dela, depois de descerem por aquele caminho sinuoso que lhe pareceu mais assustador do que quando por ele subira.

Foi só então que disse:

—Esta é uma oração, para que eu encontre a felicidade junto ao homem que amo, dando-lhe muitos filhos. Estou surpresa, ao ver que os monges tivessem em seu poder, uma coisa tão profana.

—Devem ter pintado isso depois que viram você— disse *Lord* Frome.

—*É* evidente!— exclamou ela—, como sou tola! Devia ter pensado nisso.

—Como acreditam que você é minha esposa, naturalmente imaginaram que sua única ambição seria dar-me uma dúzia de filhos saudáveis.

Disse isso num tom seco e impessoal, mas Chandra, muito a contragosto, sentiu que corava.

Esperava que ele não tivesse notado. Como havia muita gente na estrada, mais uma vez foram obrigados a seguir em fila indiana, e assim não houve oportunidade de continuar a conversar.

Ao chegarem à residência oficial, Chandra percebeu que apesar de ter feito pouco exercício, em comparação com os outros dias, sentia-se realmente cansada.

—Acho que deveria repousar antes do jantar— aconselhou ele—, obrigado pelo seu trabalho de hoje. Encontrará em seu quarto algo que espero possa agradar-lhe.

Admirada, Chandra olhou para ele, mas como havia empregados ao redor, não quis perguntar nada. Preferiu subir logo até seu quarto. Ao entrar, avistou sobre a cama uma quantidade de coisas.

Ficou olhando espantada para elas, sem atinar com o que seriam. Logo depois viu que eram *saris,* vestidos

indianos lindos, bordados com fios dourados e pratea-
dos, cada um com uma blusa com mangas curtas com-
binando, de acordo com o que as mulheres indianas
usavam.

Por um momento Chandra olhou para aquilo como
se não acreditasse, mas logo compreendeu que aquela era
a resposta de *Lord* Frome, à sua queixa de não possuir um
só vestido bonito.

Sua primeira ideia foi a de que era impossível aceitar
tais presentes dele, e de fato não deveria fazê-lo.

Contudo, disse a si mesma que não devia pensar só
em si mas lambem nele, por ser seu marido. Deitou-se,
mas achou difícil conciliar o sono, por estar ansiosa para
usar um daqueles saris. Há muito que aprendera a usá-los
adequadamente, quando ela e a mãe tinham estado na
Índia.

Achavam divertido quando, à noite e sozinhas com
o pai, trajavam-se como se fossem indianas, e jantavam
com ele usando flores nos cabelos e braceletes baratos, que
podiam ser comprados em qualquer bazar nativo.

Após tomar banho, Chandra vestiu o *sari* de seda de
uma tonalidade rosada muito suave, bordado a prata.
Sabia que era uma roupa caríssima, e tornou a sentir um
ligeiro escrúpulo em aceitar, que *Lord* Frome gastasse
tanto dinheiro com ela.

Mas logo depois, pensou que seria desnecessário, indelicado e muito pedante recusar a sua generosidade. Afinal,
se pretendia passar por sua esposa, estava certamente preocupando-se com ninharias e sendo negligente com coisas importantes, ou seja, mostrando-se demasiadamente

convencional para aceitar um presente. A blusa assentou-lhe muito bem, e ela enrolou o *sari* à volta da cintura formando pregas, e prendeu-o na frente, atirando por cima do ombro esquerdo o que restava do tecido, que deveria chegar até a altura de seus pés. A empregada nepalesa ficou tão entusiasmada quando a viu, que chegou a bater palmas. Em seguida, foi buscar umas flores que estavam sobre a mesa.

Esta noite, Chandra não se esforçou por fazer um penteado formal. Preferiu repartir os cabelos ao meio, deixando uma onda cair naturalmente de cada lado da testa.

Depois, penteou-os todos para trás, fazendo um coque grosso logo acima do pescoço, a empregada prendeu flores de cada lado do coque, e quando Chandra se contemplou ao espelho, reconheceu que jamais em sua vida parecera tão atraente e exótica.

Na realidade, estava tão diferente que se sentiu encabulada em deixar-se ver por *Lord* Frome ou qualquer outra pessoa.

–Haverá uma reunião esta noite?– perguntou à criada.

A nepalesa sacudiu a cabeça negativamente, e Chandra sentiu-se aliviada ao mesmo tempo, o fato de não haver nenhuma reunião, tornava mais difícil descer e enfrentar o olhar de *Lord* Frome.

Ao ver que os minutos estavam passando e que não deveria arrasar-se para o jantar, resolveu fazer um esforço. Lentamente, desceu a escadaria, atravessou o vestíbulo, imaginando se os empregados com seus uniformes vermelhos e brancos não achariam estranho, vê-la vestida com aquelas roupas indianas.

A porta da sala de receções estava aberta, e ela viu dois homens em pé na outra extremidade, com copos nas mãos.

Dirigiu-se bem devagar para eles e ao fazê-lo, sentiu-se consciente de que nenhuma mulher podia caminhar com um *sari* sem ser graciosa.

O Coronel Wylie adiantou-se para recebê-la.

–Caríssima *Lady* Frome!– exclamou–, permita-me cumprimentá-la pela sua aparência. Jamais vi uma inglesa que ficasse tão elegante ou, na realidade, tão linda, vestindo um *sari!*

Chandra agradeceu o elogio, depois, quase que contra sua vontade, olhou para *Lord* Frome, ele estava sorrindo! E ela não teve dúvida de que estava vendo em seus olhos um brilho inesperado de admiração.

CAPÍTULO VI

Dias depois, *Lord* Frome disse a Chandra, enquanto seguiam para o Mosteiro budista:

–Tenho más notícias para você.

Surpresa, olhou para ele, que explicou:

–Teremos que partir amanhã.

–Amanha? Não posso acreditar. Mas por quê? O que aconteceu?

–O Primeiro-Ministro denegou a prorrogação de nossa licença.

–Por que deveria fazer isso? Ele e a esposa foram tão gentis connosco! Ainda ontem, à noite, ela sugeriu que jantássemos em sua casa daqui a alguns dias.

–Não creio que o Primeiro-Ministro costume discutir os assuntos de Governo com a mulher– observou *Lord* Frome secamente.

–Mas... por que haveria de recusar-se a permitir que ficássemos alguns dias mais?– insistiu Chandra.

–Segundo me informaram, parece ser essa a política adotada pelo governo, e que deve ser verdade– explicou ele–, contudo, tinha certeza, por ter ouvido dizer, que seria fácil conseguir do primeiro-ministro uma licença para que aqui permanecêssemos o tempo que desejássemos.

—Por que então ele mudou de ideia?

—Pode haver vários motivos. Entretanto., acho que ele concorda com o Coronel Wylie, ou seja, que os manuscritos em sânscrito devam continuar nos Mosteiros, não sendo portanto permitido que saiam do país.

Chandra suspirou profundamente, dizendo em seguida:

—Creio que consigo entender o ponto de vista deles. Ao mesmo tempo, pergunto-me que utilidade, podem ter, ficando nas prateleiras, empoeirados e sem uma oportunidade para que os pensamentos neles comidos possam chegar a ser publicados e lidos no mundo inteiro!

—No qual, de qualquer modo, receberiam muito pouca atenção— observou *Lord* Frome.

Chandra sabia que isso era verdade. Sentiu, porém, uma sensação de desespero, ao pensar que o trabalho que vinham fazendo, chegara ao fim muito rapidamente.

Durante os últimos dias, sentira uma satisfação tão intensa em trabalhar na biblioteca de um dos Mosteiros, que sequer tinha palavras para expressa-la. Era realmente um prazer discutir com *Lord* Frome o valor de cada manuscrito que examinava.

Vem disso, inconscientemente, alimentavam a esperança de que a qualquer momento poderiam encontrar o *"Manuscrito Lótus"*.

Ao voltarem todas as tardes para a residência oficial, havia sempre uma reunião oferecida a eles pelo Coronel

Wylie, ou jantavam em um dos imensos Palácios, que pertenciam à família do Primeiro-Ministro.

Fora com verdadeiro prazer que Chandra tivera a oportunidade de admirar as fontes luminosas com suas luzes coloridas. Desejara ardentemente que quando partissem, *Lord Frome* pudesse levar com ele muitos dos tesouros daqueles Palácios enormes, que tinham séculos de existência e eram tão lindos.

Pensava, agora, que talvez fosse aquela, uma das coisas que temiam. Daí ter o Primeiro-Ministro reduzido o tempo da licença de permanência deles.

Quanto mais conhecia os nepaleses, mais compreendia que desejassem manter seu país secreto e fechado para os estrangeiros.

Sentiam-se completamente felizes em seu próprio paraíso, embora pequeno, e não queriam vê-lo invadido por pessoas estranhas, com ideias revolucionárias.

Todavia, foi um choque para ela saber que deviam partir sem ter realizado o principal objetivo daquela viagem.

–Isso quer dizer que só temos hoje para descobrir o que estamos procurando.

–E ainda existem milhares de manuscritos que não examinamos– observou *Lord* Frome.

–Não poderia ir pessoalmente pedir ao Primeiro-Ministro que nos permitisse ficar um pouco mais?– sugeriu ela.

Ao falar aquilo, sentiu que seria quase um castigo deixar aquele lugar fascinante, e o trabalho que estava fazendo com *Lord* Frome.

Durante o tempo que permaneciam no Mosteiro, ele parecia ser uma pessoa diferente do que era por fora. Emocionado com os manuscritos que examinavam juntos, falava com um entusiasmo bem diverso, da circunspeção mitigadora por ele usada em outras ocasiões.

Pensou então que só lhe restava aquela viagem de volta, árdua e incómoda, pelas montanhas. Ao chegarem à Índia, ele se despediria e ela provavelmente nunca mais tornaria a vê-lo.

A perceção do que lhe estava reservado, causou a Chandra uma sensação que jamais sentira.

Não quis explicá-la nem para si mesma, sabia, porém, que para o resto de sua vida, iria se lembrar daquela viagem ao Nepal. Embora envergonhada, admitiu a ideia de que a própria casa em que vivera, e na qual tinha pouco o que fazer, a não ser preocupar-se com dinheiro, parecia-lhe agora monótona e melancólica.

«Estarei com papai», pensou ela, mas, enquanto fosse difícil enfrentar a verdade, sabia que o pai, quando com saúde, era autossuficiente, enquanto que *Lord* Frome precisava dela.

Quaisquer dúvidas que de pudesse ter alimentado a respeito de sua habilidade haviam sido eliminadas. Agora ele submetia ao seu julgamento, cada manuscrito que tiravam das prateleiras.

Jamais discutira sua aptidão ao considerar a idade deles, como qualquer outro homem versado nesse ramo de estudos poderia tê-lo feito.

«Sentirei muito a falta dele...» confessou a si mesma.

Ao atingirem o ponto em que a estrada ficava mais estreita, formaram fila indiana. Os camponeses que vinham da região rural em direção á cidade sorriam ao passar por eles, naquele trote sacudido que não variava nunca, Chandra sabia que eles podiam manter essa marcha não apenas por algumas horas, mas durante dias intermináveis.

Chegaram ao Mosteiro, e após serem recebidos com o toque das trombetas e a saudação do lama, que os esperava á entrada, dirigiram-se para biblioteca.

Chandra tirou o chapéu e o casaco, pois estava quente. Permaneceu de pé olhando para as prateleiras.

–Como esta é a nossa última chance de descobrir o *'Manuscrito Lótus"*– disse após alguns segundos–, talvez pudéssemos pensar que devido á virtude das palavras que ele contém, sentiríamos a sua vibração e atraídos automaticamente..

–Está sentindo alguma vibração?– perguntou *Lord* Frome inesperadamente.

Chandra ficou surpresa com a pergunta, pois pensara que iria caçoar dela por dar asas à sua imaginação. Tentou responder:

–Sinto a impressão de que existe o chamado de uma matéria ao nosso redor, alguma coisa que deve ser revelada e que deveríamos ouvir. Entretanto, nada me atrai especialmente, nada que eu sinta vibrar com uma... santidade inaudível– suspirou e acrescentou–, deve ser porque ainda não sou bastante esclarecida espiritualmente, para compreender o *"Manuscrito Lótus"*.

Verificou-se um silêncio antes de ele dizer;

—Pegaremos alguns, ao acaso. Já concordei com o abade em comprar todos os que escolhi. Ficou encantado com a quantia que eu lhe vou dar.

—Acha que ele sabe que o *"Manuscrito Lótus"* está aqui no Mosteiro?— perguntou Chandra, em voz baixa.

—Não tenho a mínima ideia, mas não posso mencionar isso a ele.

—Não... é claro que não— concordou ela.

Enquanto falava, Chandra ergueu a mão para pegar um manuscrito na prateleira. Estava embrulhado num pedaço de seda chinesa com um bordado lindo. Seu conteúdo, porém, não justificava aquele envoltório, e após examiná-lo tornou a colocá-lo em seu lugar.

Horas depois, e talvez por sentir-se excessivamente ansiosa, Chandra achou, que a sorte não lhes estava sendo favorável.

Os manuscritos que examinaram não possuíam um interesse especial. Foi só após terem almoçado, que *Lord* Frome encontrou um que lhe pareceu ser importante e Chandra pegou-o, começou a traduzi-lo para si mesma. Demorou tanto, que ele perguntou impacientemente:

—E então? Acha que vale a pena?

—É maravilhoso!— exclamou ela—, realmente maravilhoso!

—Por que?

—É antiquíssimo— respondeu Chandra, após um momento—, e está escrito quase como se fosse um poema. Se não estou enganada, seu título é: *"O Cântico da Alma Celestial"*.

Como estivesse sentada à mesa, *Lord* Frome inclinou-se sobre o seu ombro, e perguntou:

–Tem certeza de que essa é a tradução correta? Parece diferente de tudo que encontramos até agora.

–É diferente, e sei que papai ficará emocionado ao traduzi-lo para você. É muito antigo, e escrito em um sânscrito difícil, no qual ele é exímio...

–Então, é evidente que teremos que levá-lo para ele traduzir– disse *Lord* Frome.

–Ficará excitadíssimo, e pelo menos será uma compensação, se não conseguirmos descobrir o *"Manuscrito Lótus"*.

–Ainda nos resta algum tempo– disse ele, consultando o relógio–, portanto, temos que tentar aproveitá-lo.

Chandra tornou a embrulhar o manuscrito que haviam examinado, e colocou-o sobre a mesa, mais uma vez dirigiu-se para as prateleiras.

Mal fez isso, a porta da sala abriu-se, por ela passando um lama, que ainda não tinham visto. Imediatamente, compreenderam tratar-se de um homem importante.

Era alto, bem mais alto do que o abade do Mosteiro, vestido e encapuzado de amarelo, ao passo que os outros se trajavam de vermelho.

Por um momento, ficou parado, olhando para os dois, depois atirou o capuz para trás. Chandra, ao ver sua cabeça e o rosto raspados, compreendeu que era diferente de todos os outros monges e lamas que tinham conhecido.

Dava a impressão de superioridade e ao mesmo tempo de perfeição espiritual. Instintivamente, Chandra juntou as palmas e os dedos das mãos, erguendo-os à altura da testa, na saudação *namaskar.*

—Eu os saúdo, meus filhos— disse ele com voz grave. Chandra admirou-se ao ouvi-lo falar em inglês.

Até aquele momento, ninguém, em todo o Mosteiro, falara com eles em inglês.

Ele não esperou por uma resposta, mas ao olhar para o que se encontrava sobre a mesa, dirigiu-se a Chandra:

—Vejo que descobriu *"O Cântico da Alma Celestial".* É uma obra que deverá levar para o seu respeitável pai. Proporcionará a ele um grande mérito neste mundo e naqueles que sobrevirão.

Chandra sabia que *Lord* Frome estava admiradíssimo, e quase podia ler seus pensamentos. Devia achar espantoso o fato de aquele lama, ao qual jamais tinham visto, falar como se fosse íntimo dos dois e do professor.

Ele se dirigiu em seguida a *Lord* Frome.

—Sei que está decepcionado, *milorde,* por ser obrigado a partir amanhã. Acontece, porém, que nada mais tem a fazer aqui.

—Mas não conseguimos examinar a metade dos manuscritos que gostaríamos de consultar!— replicou ele.

—Sei o que procuram. Contudo, todas as buscas nesta sala, serão inúteis.

Ao notar o olhar de espanto dos dois, prosseguiu:

—Mas, por acreditar que seu interesse é altruístico, visando apenas o bem da humanidade, vou mostrar-lhes o que desejam ver, embora não possam leva-lo.

—Está se referindo ao *"Manuscrito Lotus"*— perguntou *Lord* Frome, num tom de voz que procurou controlar.

–Temos outros nomes para ele, que são mais sagrados. Não lhes perguntarei como ficaram sabendo que ele se encontrava neste Mosteiro. Direi apenas que, devido ao fato de que este segredo guardado tão secretamente, ter chegado aos seus ouvidos, fui obrigado a guardar o manuscrito em outro lugar:

Para surpresa de Chandra, *Lord* Frome sorriu.

–Na realidade, jamais acreditei que teria a sorte de levá-lo sem que descobrissem.

–Isso, *milorde,* teria sido impossível! Ainda não chegou a hora de o mundo tomar conhecimento do conteúdo desse manuscrito sagrado. Um dia virá, em que a inteligência dos homens terá evoluído suficientemente para ouvir e compreender a verdade que ele contém, mas não agora.

Ao olhar para Chandra e notar a expressão de deceção em seus olhos, disse-lhe calmamente:

–Minha filha, procure contentar-se com o bem que vira para seu pai, ao traduzir *"O Cântico da Alma Celestial".* Agora, para não sair daqui sem ser recompensada, pelo trabalho que fez, venha comigo.

Com a mão fez um gesto que incluía os dois, que o acompanharam, passando por vários corredores escuros. Como não encontraram ninguém no caminho, Chandra julgou que isso podia ser interpretado como uma ordem para andarem calmamente, uma vez que através do tempo e do espaço não havia mais ninguém para observá-los

Finalmente, seu guia, que estivera silencioso enquanto caminhava à frente deles, abriu uma porta que dava para um pequeno templo. Era realmente tão exíguo, que

Chandra pensou ser, uma Capela. Compreendeu, então tratar-se do templo que estava situado no centro do Mosteiro, no qual o próprio abade fazia as suas devoções.

De início, foi difícil enxergar alguma coisa, a não ser a luz bruxuleante de duas ou três lamparinas.

Logo depois, avistou uma enorme estátua de Buda elevando-se para o teto.

Ao vê-lo em seu trono, em formato de uma *flor de loto*, Chandra teve a sensação que não sentira na biblioteca, como se grandes ondas magnéticas se dirigissem para ela, das quais não podia escapar. Essa sensação infundiu-lhe um temor tão reverente e ao mesmo tempo tão excitante, que a deixou quase sem respiração e inconscientemente, chegou mais para perto de *Lord* Frome, segurando a sua mão.

Sentiu um dos seus dedos apertarem os dela, percebendo que estava igualmente emocionado.

O lama ajoelhou-se ante a enorme figura de Buda, erguendo-se em seguida, para pegar alguma coisa nas mãos da estátua voltadas para cima. Virou-se então, segurando uma caixa de madeira gravada com hieróglifos estranhos.

Chandra e *Lord* Frome não precisaram perguntar o que ela continha. Era evidente, pelo modo como o lama a segurava e pela expressão de seu rosto.

Deram um passo à frente, para ficar diretamente diante dele. Em seguida, bem devagar e reverentemente, o lama ergueu a tampa da caixa, e eles avistaram dentro dela, sobre uma camada de cetim, o manuscrito que tanto procuravam!

Chandra percebeu que estava escrito em folhas de palmeira, e até num relance de olhos, podia dizer que era
antiquíssimo.

Entretanto, havia algo mais, dele emanava qualquer
coisa tão penetrante, tão vibrante, que a obrigava a reconhecer que se tivesse estado na biblioteca, mal nela entrassem, iam sentir-se, irresistivelmente atraídos para ele.

Espontaneamente, e segurando ainda a mão de *Lord*
Frome, Chandra pôs-se de joelhos, e logo após ele se ajoe-
lhou ao seu lado.

–Agora, viram o que estavam procurando– disse o
lama, muito tranquilamente–, e foram privilegiados com
uma prerrogativa raramente concedida, a não ser, evidentemente, àqueles que participam de nossa fé. Lembrem-
-se disto no fundo de seus corações, mas guardem o que
aqui viram, só para vocês. Por enquanto sempre existem
aqueles que adulterariam e destruiriam o que para eles, é
demasiadamente sagrado para compreenderem.

Inclinou-se um pouco mais, para que pudessem contemplar melhor o manuscrito. Em seguida, fechou a
caixa, tornando a colocá-la na mão do Buda, da qual a
retirara.

Feito isso, permaneceu imóvel, de costas para eles, e
olhando para o rosto do Buda sagrado cuja cabeça quase
tocava o teto.

Ao se erguerem, Chandra percebeu que o lama, já não
mais desejava tornar a falar com eles. Não compreendia
por que sabia, mas em seu íntimo, estava plenamente
convencida de que ele falara tudo quanto queria dizer.
Concedera-lhes o privilégio incalculável de contemplar

o manuscrito sagrado, e agora eles tinham de sair do pequeno templo.

Puxou *Lord* Frome pela mão, e ele, como se também compreendesse, não protestou. Em silêncio, voltaram pelos mesmos corredores escuros.

Por um momento, Chandra julgou que talvez houvessem errado o caminho, mas de repente encontraram a porta da biblioteca e entraram.

Foi só naquele instante, que Chandra largou a mão de *Lord* Frome. Sentiu como se houvessem sido unidos em alguma cerimônia especial, embora lhe fosse difícil explicar de que modo isso acontecera.

Sem falar, por sentir que o som de sua voz destoaria das sensações, que povoavam seu coração e sua mente, ela pegou o manuscrito que ficara sobre a mesa, olhando para *Lord* Frome interrogativamente.

Foi então que ele falou pela primeira vez:

—Irei procurar o abade. Espere-me na saída.

Afastou-se, dirigindo-se para o corredor que, segundo Chandra sabia, ia dar na parte do Mosteiro, na qual mulheres não podiam ser admitidas.

Ela caminhou até o pátio onde estava situado o portão principal. Os pôneis já se encontravam ali esperando por eles, como também muitos monges, que ao vê-la sorriram satisfeitos, com os olhos negros cheios de simpatia e curiosidade.

Chandra dirigiu-se a eles, que lhe fizeram perguntas sobre o país onde vivia, e muitas outras coisas.

Qualquer resposta que ela dava suscitava suas risadas. Chandra concluiu que muitos deles eram rapazes, que encaravam a vida como uma grande aventura, embora confinados em um Mosteiro no qual pouco faziam, a não ser orar e fazer os trabalhos domésticos leves, habituais em uma casa daquele tamanho.

Passara-se pouco tempo desde que começara a conversar com eles, quando *Lord Frome*, apareceu acompanhado não pelo abade, mas pelo lama mais velho que os recebera na primeira vez.

Ele se despediu de Chandra com encanto peculiar ao antigo continente, e que ela julgou digno de um diplomata. Partiram sob o clangor das trombetas e começaram a descer o caminho íngreme que os levaria até ao vale.

Mais uma vez foram obrigados a fazer com que seus pôneis prosseguissem em fila indiana, e até mesmo quando entraram em Katmandu, as ruas estavam tão cheias que era impossível conversar.

«Certamente falaremos sobre tudo isso quando chegarmos à residência oficial», pensou Chandra.

Era-lhe difícil selecionar seus próprios pensamentos e impressões a respeito do que ocorrera. Tudo fora tão maravilhoso! Embora jamais pudessem manusear ou apossar-se do *"Manuscrito Lótus"*, o fato de tê-lo visto, de saber que ele existia realmente, representava quase que um milagre impossível de ser descrito.

Ao chegarem à residência, ficaram sabendo que naquela noite seriam homenageados com uma grande festa. Teriam exatamente o tempo necessário para tomarem um banho e vestirem-se, antes de descerem à sala de receções.

Chandra dirigiu-se depressa para seu quarto, imaginando qual dos lindos vestidos dados por *Lord* Frome deveria usar naquela noite. Já experimentara todos, o cor-de-rosa claro, o verde e o azul. Era difícil saber qual lhe assentava melhor, pois todos eram lindos.

No momento em que sua criada a cumprimentou, viu estendido sobre a cama um outro *sari*, e imediatamente achou que era o mais bonito, de todos os que já vira.

—Isso é para mim?— perguntou, sabendo a resposta.

A nepalesa riu baixinho, o que demonstrava que se sentia feliz.

—Presente de *Lord sahí*b— disse ela—, a senhora ganhou um *sari* muito especial!

Realmente era muito especial, pensou Chandra. De um dourado que lhe sugeriu os raios do sol, inteiramente bordado com pérolas e topázio delicados, tinha as extremidades pesadas, totalmente recobertas com fios de ouro e topázios maiores.

Era lindíssimo! Chandra sabia que deveria ter custado uma fortuna. Por isso mesmo, não deveria aceitá-lo. Logo, porém, concluiu que *Lord* Frome nunca iria aceitar sua recusa.

Após tomar seu banho, vestiu o *sari* dourado. Olhou-se ao espelho e viu que estava muito atraente.

A criada trouxe-lhe alguns lírios pequeninos, que cresciam em profusão por todo o jardim. Eram da cor exata do *sari*.

Ela os arrumou, conforme já fizera antes, na parte posterior da cabeça de Chandra. Ao contemplar-se ao espelho, ouviu uma batida na porta de comunicação.

Desde a noite em que fora desculpar-se com *Lord* Frome, aquela porta não tornara a se abrir.

Ao mandá-lo entrar, imaginou, como já o fizera antes, se *Lord* Frome, estava tão consciente de sua proximidade quanto ela se sentia consciente da dele.

Ao entrar no quarto, notou que o *Lord* estava mais imponente do que nunca. Usava uma quantidade de con-decorações que ela ainda não tinha visto e que lhe dava um belo ar marcial.

Ficou olhando para ela, que acabou dizendo, encabulada:

—Não sei como agradecer... não podia acreditar que houvesse um sari ainda mais bonito do que aqueles que já me havia dado! Mas este é fantástico!

—O homem que o vendeu contou-me que o trouxera especialmente da Índia para a rainha. Pertenceu a uma Princesa *rajaputra,* e na realidade tem mais de cem anos! Achei que seria justamente desse que você gostaria.

—Gostaria? Adorei!– exclamou ela–, embora saiba que não deveria aceitar um presente tão maravilhoso, é uma coisa que... não posso recusar.

—Eu me ofenderia, se o fizesse– replicou *Lord* Frome–, comprei algo para você usar com ele e comemorar os dias interessantes que passamos juntos e, em particular, aquilo que sentimos esta tarde.

Ao ouvi-lo falar tranquilamente e com sinceridade, reconheceu ter temido embora julgasse pouco prová-vel, que ele pudesse rir, talvez até mesmo caçoar da atitude solene do lama ao lhes apresentar o *"Manus-crito Lótus".*

Pensara ainda que ele pudesse estar constrangido pela sensação estranha que dominara a ambos, no momento em que se ajoelharam ante a estátua do Buda, mas agora sabia, sem ter sido informada, que *Lord* Frome, se emocionara tanto, quanto ela.

De qualquer modo, não desejava discutir esse assunto no momento, e como se ele pensasse da mesma forma, abriu a caixa que estava segurando, e ela viu que continha um colar de topázios grandes.

– Combina com seu *sari*– disse ele, como se quisesse arranjar uma desculpa para oferecê-lo.

–Mas... não posso... não devo– começou ela a falar.

Mas com os olhos brilhantes, continuou:

–É maravilhoso! Jamais pensei... e nunca sonhei que pudesse ter um colar como este! Obrigada... muito obrigada mesmo...

–É uma parte do pagamento pelo que eu lhe devo. Como deve compreender, e demasiadamente bem, não teria encontrado os manuscritos que comprei sem a sua orientação.

Uma ideia súbita passou pela mente de Chandra e ao erguer o olhar para ele, ouviu-o dizer, como se tivesse adivinhado seus pensamentos:

–Não me esqueci de seu pai, e tenho a intenção de fazer algo por ele. Falaremos sobre isso durante a nossa viagem de volta, mas agora não podemos nos atrasar para o jantar.

Chandra olhou bem para ele, e seus olhos manifestavam tudo o que não podia dizer. Em seguida, sentando-se à penteadeira, deu um gritinho de satisfação, e colocou o colar no pescoço.

–Eu o fecharei para você– disse *Lord* Frome.

Ao inclinar a cabeça, ele pegou as duas extremidades do colar, fechando-o à volta de seu pescoço. Ao fazê-lo, seus dedos roçaram a pele de Chandra, que sentiu um arrepio percorrer-lhe todo o corpo. Foi uma sensação que jamais sentira e que não poderia explicar.

–Agora devemos nos apressar– observou ele–, a receção já deve estar começando.

Ela se levantou, sabendo que estivera olhando-se ao espelho, com uma expressão apalermada.

Atravessaram o quarto lado a lado, e ao se dirigirem para baixo, Chandra pensou que, aquela talvez fosse a última vez que compareceria a uma festa.

Caso fosse realmente, haveria de lembrar-se sempre de que se sentira confiante, sabendo que não seria eclipsada por nenhuma mulher naquela sala, nem mesmo pelas senhoras nepalesas, enfeitadas com as suas esmeraldas e rubis resplandecentes.

Antes mesmo que a noite terminasse, fora elogiada centenas de vezes pelo seu *sari*. Os cavalheiros disseram-lhe que parecia a *Deusa do Sol,* e acharam graça, quando ela lhes contou que se chamava Chandra, e portanto era na realidade a *Deusa da Lua.*

Quanto às senhoras, uma vez reunidas e sozinhas com ela, tocavam na seda ricamente bordada de seu *sari,* e soltavam exclamações ante aquele trabalho primoroso e a beleza dos topázios. Olhavam com admiração as pedras de seu colar.

Uma delas observou-lhe:

—Os topázios trazem muita sorte às pessoas que os usam, e por isso, *Lady* Frome será sempre feliz no amor.

Chandra quis dizer-lhe que jamais conhecera o amor, e de fato sempre temera nunca vir a encontrá-lo. Isso, porém, era uma coisa difícil de ser confessada, quando todo mundo julgava que *Lord* Frome fosse seu marido.

Ao chegar o momento das despedidas, Chandra ficou muito sensibilizada ao ver que todas as senhoras nepalesas lhe ofereciam presentes. Ganhou bolsas delicadas, fazendas bordadas com enfeites nepaleses, sendo quase sempre pequenos pássaros com as asas engastadas em coral e turquesas, originárias das montanhas.

Deram-lhe também uma pedra rara, que era característica de Katmandu. Um topázio de um castanho acinzentado, que Chandra achou ser quase da mesma tonalidade de seus cabelos. Ofereceram-lhe ainda caixinhas contendo broches, anéis, brincos, e até mesmo um arco de ouro para ser usado no nariz!

Teria ficado muito constrangida por não ter como retribuir aquelas gentilezas, se no momento em que já iam sair, *Lord* Frome não as tivesse presenteado com uma quantidade de finos envelopes.

Chandra não conseguia imaginar o que continham, até o instante em que as senhoras os abriram. Eram encinhos de seda, bordados nos quatro cantos com delicados ramos de flores e pedras preciosas. Elas ficaram encantadas, e foi só quando a última convidada se retirou, que Chandra disse:

—Como você conseguiu arrumar tantos presentes?

–No Oriente nunca se deve viajar com as mãos vazias– observou *Lord* Frome–, Comprei esses lenços na Índia, pensando que viria a precisar deles.

–Eu me senti muito grata, quando você os ofereceu, mas como poderia imaginar que todas as senhoras me trouxessem presentes tão lindos?

–E por que não, *Lady* Frome? A senhora é uma das primeiras damas inglesas que veio visitar o Nepal– disse o Coronel Wylie–, e certamente a mais popular! Posso assegurar-lhe que será assunto de conversas, até tornar-se quase uma lenda em Katmandu:

–Gostaria de poder permanecer aqui um pouco mais– observou Chandra.

Pela expressão dos olhos dele compreendeu que, como oficial da colônia britânica, não usara o peso de sua autoridade para convencer o Primeiro-Ministro a prolongar a licença de permanência deles.

–*Milorde,* antes de retirar-se, gostaria que pudéssemos conversar sobre alguns assuntos– disse o Coronel dirigindo-se a *Lord* Frome.

Compreendendo que ele não desejava a sua presença, Chandra despediu-se e foi diretamente para seu quarto.

Antes de adormecer, pensou que só lhe restavam três dias para viver com *Lord* Frome, quando então tudo estaria terminado.

Finalmente, adormeceu com uma sensação de angústia no coração, que era quase uma dor física.

Pela manhã, foi despertada mais cedo do que de costume. Teve grande dificuldade para vestir-se, enquanto admirava os raios do sol atingindo os picos do Himalaia, ao emergirem acima das nuvens brancas que os envolviam. Talvez nunca mais torne a ver esta paisagem tão maravilhosa, pensava, tentando vestir as roupas sem afastar-se da janela.

Finalmente pronta, desceu e encontrou o Coronel Wylie, que resolvera tomar seu café com eles.

—Espero que possa voltar brevemente— disse ele a Lord Frome.

Chandra, porém, tinha certeza de que estava apenas sendo gentil e que na realidade não esperava nada do que dissera. Notou que ele não se referiu aos manuscritos que *Lord* Frome estava levando, mas sabia que não havia de pensar que estivessem partindo de mãos vazias, e sentia-se despeitado ao ver que seu conselho sobre o assunto não fora acatado

Foi somente ao despedir-se não só do Coronel Wylie, mas de seus secretários e outros funcionários de categoria, que Chandra se lembrou, de repente, de que ainda não recebera a esmeralda roubada por Nana Sahib. De fato, esquecera-se dela nos últimos dias, ocupada e excitada com as pesquisas dos manuscritos. Agora porém, perguntava-se se a pessoa que deveria entregar-lhe a pedra saberia que estava partindo antes da data estipulada.

Agradeceu a todos por aqueles dias agradáveis, embora soubesse que *Lord* Frome, gratificara regiamente a todos os empregados.

Os pôneis já esperavam à entrada, com as caixas amarradas nos lombos e os criados indianos em frente a eles. Chandra esperou pelo seu, a fim de auxiliá-la a montar, mas antes que ele o fizesse, um dos empregados da Residência Oficial tomou-lhe a frente.

Ajudou-a a montar, e quando ela estendeu a mão direita para pegar as rédeas, sentiu que algo estava sendo introduzido na esquerda. Quase que instintivamente, fechou os dedos sobre o objeto, e ao baixar os olhos para o homem que lhe entregara o que estava esperando, não o encontrou. Havia desaparecido no meio da multidão que esperava para vê-los partir.

Uma vez montado em seu pônei, *Lord* Frome seguiu na frente e ela atrás dele, conforme fizera na viagem anterior. Ao tomarem o caminho que os levaria ao portão principal, ouviram os vivas provenientes da residência oficial e avistaram os braços erguidos, acenando-lhes adeus.

Foi só quando já se encontravam bem afastados do território da residência, que Chandra olhou para baixo, a fim de ver o que estava em sua mão esquerda. Era uma bolsinha de camurça e percebeu que continha um objeto duro.

Lançou um olhar rápido ao redor, temendo que os criados pudessem notar o que estava fazendo. Abriu dois botões da blusa e guardou o objeto entre os seios.

Atravessaram as ruas apinhadas de gente em Katmandu, e como *Lord* Frome seguia rapidamente na frente, ela se esforçou por não pensar naquilo que lhe fora entregue.

Distraiu-se, olhando pela última vez para os templos, as casas de madeira com figuras entalhadas nas sacadas e janelas, e lançou um olhar de despedida para a estátua de Kala Bhairab, que lhe pareceu mais assustadora do que quando a vira pela primeira vez.

Foram se afastando da cidade, e começaram a subir para as montanhas Churia, que avistavam à distância. Estavam envoltas em nuvens, e Chandra pensou que era significativo o fato de que aquelas que haviam deixado para trás estivessem brilhando sob a luz do sol, ao passo que as montanhas à sua frente encontravam-se cobertas, como se amortalhadas na tristeza. Mais uma vez olhou para os arrozais plantados nos gigantescos degraus cortados a um lado da montanha.

Passaram pelas pequeninas cabanas com telhados de palha. Durante todo o percurso daquela estrada ascendente e pedregosa, viam homens e mulheres carregados com seus pesados fardos amarrados nas costas. Todos sorriam e pareciam felizes.

Chandra observou que muitos rezavam uma prece ao chegar a uma pequena pedra chamada *chaitvas,* erigida de tantos em tantos quilômetros, ao longo de toda a subida da montanha. Pararam para fazer uma refeição ligeira. Olhando para o vale, que agora ficara lá em baixo, já muito distante, Chandra disse baixinho a *Lord* Frome:

–Tal qual previu, fomos expulsos do seu paraíso, não por um anjo com a espada flamejante, mas pelo Primeiro-Ministro, que me parecia um homem tão simpático

–Devíamos ter sabido desde o início, que "o que é bom dura pouco"!– observou ele.

Disse isso alegremente, mas Chandra sabia que ele sentia tanto quanto ela, por não terem ficado lá mais tempo.

–Talvez devamos ser gratos por tudo que encontramos e não esquecermos do que disse o lama que nos mostrou o *"Manuscrito Lótus"; "O Cântico da Alma Celestial,* que descobriram, trará um grande benefício ao mundo"– falou Chandra.

–Acredita nisso realmente?– perguntou ele–, os manuscritos que até hoje foram publicados não despertaram o mínimo interesse, salvo entre os eruditos.

–Tem que haver sempre uma primeira vez– replicou Chandra–, e se ele disse que isso acontecerá... é porque acontecerá!

–Posso notar que ficou impressionada com o lama.

–Ninguém poderia deixar de ficar. Gostaria tanto de saber quem é ele!

–Não faço ideia, mas tenho certeza que era o guardião dos manuscritos, e como tal eu o imagino um homem muito inteligente, e talvez um daqueles que, segundo sabemos, são mandados de volta para este mundo, reencarnados, a fim de auxiliar aos que devem ser deixados para trás, Chandra o olhou espantada. Sabia que se referira aos mestres, que por serem evoluídos no mundo espiritual, eram eleitos para voltar â terra, a fim de auxiliar aqueles que procuravam a verdade, mas precisavam de um instrutor.

Jamais imaginara que além de seu pai houvesse alguém com quem pudesse talar desses assuntos. Graças ao seu trabalho com relação aos manuscritos budistas, acreditava que existissem tais tipos de *gurus.* A questão era descobri-los. Passados alguns instantes, perguntou:

–Já praticou *yoga*?

Lord Frome tez um sinal afirmativo com a cabeça.

–Quando?

–Há muito tempo. Aconteceu algo em minha vida, que fez com que eu iniciasse a pesquisa dos manuscritos. Logo no primeiro Mosteiro que visitei, deram-me autorização para permanecer entre eles. Fiquei lá dois anos.

Mal acabara de falar isso, ergueu-se e ordenou aos empregados que embrulhassem o resto da comida.

Enquanto prosseguiam a viagem, Chandra tentou recapitular mentalmente tudo quanto ele lhe dissera, como se estivesse procurando um lugar para mais aquela peça do quebra-cabeça que *Lord* Frome representava para ela.

Chegou á conclusão de que ele fora viajar após sofrer aquela deceção amorosa, talvez numa viagem pelo mundo, conforme os homens costumavam fazer desde o começo dos séculos, e encontrara seu caminho no Tibete. Lá, devia ter sido orientado e a *yoga* o teria auxiliado a esquecer. Deste esquecimento, nascera então um desejo insofreável de estudar os preciosos manuscritos, que em muitos Mosteiros haviam sido negligenciados ou esquecidos,

Jamais suspeitaria que por trás daquelas viagens que ele fazia pudesse existir, um motivo superior, exceto que em vez de colecionar quadros e objetos de arte, como tantos milionários, ele preferira colecionar manuscritos.

Surpreendera-se ao descobrir que ele tinha um outro motivo vital; o desejo de auxiliar aqueles que ainda permaneciam surdos às verdades sublimes, de muitos conhecidas no Oriente, mas para as quais, lamentavelmente, o Ocidente preferia ficar surdo.

–Quero falar com ele... saber muito mais...– prometeu a si mesma. De repente, porém, sentiu-se desesperada ao pensar que talvez não tivesse uma chance, embora devessem jantar sozinhos no *bungalow-dak,* no qual já haviam estado.

Foram subindo cada vez mais e no momento encontravam-se envoltos nas nuvens. Aquele ar ameno e húmido fez com que ela tivesse a impressão de estar caminhando num sonho. Conseguia apenas avistar *Lord* Frome à sua frente, mas a cara dos pôneis não era visível.

Ao chegarem ao *bungalo-dak,* verificou que ele continuava com o aspeto miserável e sujo, e as crianças que correram para recebê-los, cobertas com os mesmos farrapos.

Mas Chandra sentia-se diferente. Da outra vez chegara exausta, e agora nem sequer estava cansada. Tendo montado diariamente para ir ao Mosteiro, seus músculos já estavam bem treinados.

Dirigiu-se ao quarto que ocupara há tão pouco tempo, para trocar de roupa. Verificou que o chão não devia ter sido varrido desde que ali estivera.

Entretanto, não estava interessada em nada, a não ser naquilo que guardara no seio até aquele momento. Tirou o chapéu e o casaco, e antes de despir-se, puxou a bolsinha, abrindo-a.

Sentou-se na cama já arrumada por Mehan Lall, e virou sobre o travesseiro o conteúdo do saquinho. Respirou ofegante ao ter a impressão de que sobre a fronha branca encontrava-se uma coisa viva.

Jamais vira uma esmeralda maior! Seu formato era oval, adequado para figurar como o terceiro olho na testa do Buda. Embora não fosse uma perita em pedras preciosas, sabia que aquela representava uma raridade.

Não era de admirar que Nana Sahib, sendo um conhecedor de joias, a tivesse cobiçado e quisesse possuí-la.

Ficou olhando para a pedra durante algum tempo, e depois tornou a guardá-la no saquinho. Sabia que era a portadora de uma grande fortuna, portanto não poderia descuidar-se, nem por um segundo.

Levou a esmeralda com ela quando foi ao lavatório, a fim de refrescar-se um pouco. Ao voltar para o quarto, resolveu vestir o mesmo vestido simples, que usara na primeira noite em que jantara com *Lord* Frome. Guardou novamente a bolsinha no seio.

Gostaria de usar um de seus lindos *saris,* pensando que aquela talvez fosse a última vez que ele poderia admirá-la, mas como os tivesse guardado cuidadosamente na mala, não queria que ficassem amassados na sacola, onde carregava apenas o necessário para duas noites de viagem.

Hesitou um pouco, sem saber se devia usar o colar de topázios com aquele vestido, cujo decote era recatado, quase puritano. Concluiu, porém, que ficaria deslocado e ridículo. Talvez *Lord* Frome não percebesse que ela estaria tentando agradecer-lhe por ter-lhe dado um presente tão lindo.

Tudo isso fez com que fosse jantar parecendo bem diferente do que estivera na noite anterior. Tinha a impressão de que *Lord* Frome não notaria a diferença entre aquela e a outra. Era até mesmo um pouco de presunção que devesse fazê-lo.

Mal entrou na modesta sala de jantar, ele lhe disse:

–Esta noite sou eu quem escolhe as bebidas para você. Durante o jantar, tomaremos um vinho, e agora vai provar este conhaque nepalês, como aperitivo.

Ela aceitou o copo, e ao tomar um gole achou-o de fato muito agradável.

O jantar foi servido. Constava, praticamente, das mesmas coisas que haviam comido na primeira viagem.

–Apostaria que teríamos sopa e frango!– exclamou Chandra, e ambos riram, como se achassem divertida uma piada íntima.

Durante o jantar falaram sobre os costumes nepaleses, e ela, ao julgar interessante tudo quanto *Lord* Frome lhe contava, lastimou não tê-lo interrogado mais, quando estavam em Katmandu.

«Perdemos tanto tempo discutindo» pensou ela. Não podia atrasar o relógio, mas cumulou-o de perguntas, emocionando-se com algumas lendas, que agora lhe pareciam reais, por ter conhecido o povo do Nepal e seu modo de vida. Sentia que era capaz de compreender como muitas de suas crenças, que haviam se originado naquele vale feliz.

Ao terminar o jantar, pressentiu que ele estava preocupado com a hora. Sabendo o que lhe convinha fazer, disse:

–*Milorde,* acho que, como devemos partir cedo, é melhor que eu vá deitar-me.

–É claro, devemos tentar dormir um pouco esta noite, pois amanhã será um dia árduo. Como sabe, temos que atravessar o vale rapidamente, pois uma demora torna-se perigosa e nos arrisca a contrair malária.

—De outra vez fui avisada a esse respeito. Estou preparada, e prefiro galopar durante todo o trajeto, a me arriscar a pegar essa doença.

Lord Frome sorriu e replicou:

—Duvido muito que seu pônei esteja com a mesma disposição... mas partiremos cedo, e espero que desta vez não se canse demais.

Ela notou em sua voz um tom de preocupação, e sentiu-se envergonhada. Despediu-se e foi para seu quarto.

Ao tirar o vestido, ficou sem saber o que fazer com a esmeralda. Descobriu entre suas coisas um pedaço comprido de fita. Nela pendurou a bolsinha com a pedra, amarrando a fita em volta do pescoço.

Como estivesse frio e para aproveitar bem o calor de seu *edredom,* dobrou-o em dois, deitando-se numa das metades e cobrindo-se com a outra. Ficou satisfeita por ter também o cobertor, que estendeu sobre ela.

Já deitada, fechou os olhos, pondo-se a pensar nas coisas interessantes que *Lord* Frome, lhe contara. Não se tratava apenas do que ele dissera, mas também de tê-lo achado tão atraente, enquanto falava com sua voz grave, bonita e insinuante.

«Poderia aprender tanto com ele...» pensou, sonolenta, e adormeceu.

Chandra acordou com a impressão de que alguém falara com ela, mas logo verificou que tudo estava calmo. Em seu quartinho não se ouvia o mínimo som e tampouco do lado de fora da janela que dava para o pátio, mas sentiu que uma força a despertara! Embora soubesse que o homem santo ali não se encontrava, ouviu nitidamente a voz do lama Teshoo:

—Está correndo perigo, minha filha! Sim, perigo! Levante-se e vá para o quarto de *Lord sahib*.

Aquilo pareceu-lhe tão real como se de fato ele estivesse ali dentro. Chandra sentiu que quase podia vê-lo... os olhos fixos nos dela, conforme tinham estado quando se sentara aos seus pés, e o lama lhe dissera o que deveria fazer.

—Perigo!– tornou a repetir ele–, faça o que lhe disse!

Aquilo era uma ordem, e Chandra sabia que deveria obedecer. Sem pensar, e sequer parar para considerar o que estava fazendo, pulou da cama, e no escuro dirigiu-se para a porta. Ao passar pela porta de comunicação, percebeu que *Lord* Frome estava se preparando para deitar. Saiu para o corredor que estava escuro, e parou na porta vizinha.

Abriu-a, e só ao entrar imaginou vagamente o que ele pensaria, e se compreenderia.

—Quem está aí?

Ao ouvir sua voz, por um instante ela achou difícil responder.

—Sou eu... Chandra– conseguiu dizer.

—Chandra? O que está acontecendo?

Ele sentou-se na cama, e ela percebeu que devia estar tateando na mesa ao lado, para encontrar um fósforo e acender a vela.

A claridade iluminou o aposento, e *Lord* Frome viu Chandra de pé, em frente á porta aberta, com os cabelos sobre a camisola branca, e os olhos arregalados no rosto pálido.

—O que foi que a transtornou assim?— perguntou.

—É... é que estou correndo perigo— respondeu—, eu sei... existe um perigo, e estou com medo!

Lord Frome não perguntou mais nada. Saltou da cama, pegou o chambre e vestiu-o. Em seguida, agarrou uma coisa que estava perto da vela, e Chandra percebeu que era um revólver, mas não disse nada. Afastou-se para um lado, enquanto ele, com a vela acesa na mão esquerda, passou ao seu lado ao dirigir-se para o corredor.

A claridade ainda permitiu que ela visse sobre a cadeira as roupas dele. De pés descalços, dirigiu-se para a cama, sentando-se do lado oposto à cabeceira. Foi só então que pensou no papelão que fizera. Certamente não haveria ninguém em seu quarto, nem sinal de um intruso e *Lord* Frome a julgaria uma histérica, e a desprezaria. Não suportaria novamente a aversão que de já sentira por ela. Contudo, sentia intimamente que teria sido impossível desobedecer ao lama.

Sabia que era ele mesmo, falando com ela. Sabia que estava correndo perigo, devido ao que carregava no peito. Ao pensar nisto, colocou a mão sobre o saquinho com a esmeralda, sentindo que de algum modo ele talvez pudesse contribuir para que *Lord* Frome não a julgasse insensata e fantasiosa.

Pareceu-lhe que ele saíra há muito tempo. Devia estar ainda em seu quarto, pois não estava enxergando o bruxuleio da claridade da vela que ele levara.

Por que estaria demorando? Tinha certeza de que o lama não se enganara. Apavorada, ficou imaginando o que faria se *Lord* Frome não descobrisse nada, e a mandasse voltar para seu quarto, sem que ela tivesse uma desculpa para não obedecer.

De repente, ouviu o ruído de seus passos voltando, e a claridade da vela chegando mais perto, à medida que ele vinha pelo corredor.

Ao entrar no quarto, Chandra tentou ver a expressão de seu rosto, e através dela saber o que estaria pensando. Sentia-se tal qual uma colegial assustada, prestes a ser repreendida por ter feito uma cena inútil. Nervosa e com medo, ela se levantou primeiro, ele colocou a vela sobre a mesa, e depois o revólver. Então, virou-se e ficou de costas para a claridade, e como se Chandra erguesse o rosto para ele, fazendo um esforço para ver a expressão de seus olhos, *Lord* Frome permaneceu um instante olhando-a fixamente.

Como Chandra fizesse menção de falar, para perguntar se havia encontrado alguma coisa, ele a enlaçou, puxando-a bruscamente para mais perto.

Ficou tão surpresa, tão espantada, que sentiu como se, com aquele único movimento, ele a tivesse deixado sem poder respirar.

E, antes que pudesse sequer murmurar alguma coisa, ele beijou seus lábios, mantendo-a presa.

CAPÍTULO VII

Os lábios dele comprimiam os de Chandra com tal impetuosidade, que seu beijo quase a fez sentir uma sensação dolorosa. Foi então possuída de uma exaltação ardente, e reconheceu que embora não tivesse percebido, aquilo era o que sempre almejara!

Os lábios dele tornaram-se mais suaves, contudo mais insistentes, enquanto a apertava cada vez mais, como se quisesse através da boca de Chandra apossar-se de seu coração. Finalmente, após um lapso de tempo que poderia ser um século, ele ergueu a cabeça.

–Minha querida!– exclamou num tom de voz que ela desconhecia–, eu podia ter perdido você para sempre!

Confusa, perplexa, ela o olhou interrogativamente, e ele explicou:

–Quando fui ao seu quarto, encontrei uma *khukri* cravada no centro de sua cama. Estava destinada a mim.

Chandra demorou um instante para entender o que ele dissera, exclamando por fim:

–Não!... Não! Era para mim. Preciso contar-lhe o motivo.

Assim falando, pareceu-lhe ver as adagas largas e curvas que os nepaleses usavam na cintura, e que eram chamadas *khukri*. O lama tinha razão, ao avisar-lhe que corria perigo. Estremeceu, e ouviu-o dizer:

—Minha adorada, está com frio, deite-se, e depois conversaremos.

Antes de soltá-la, roçou os lábios por sua testa, o que a tez sentir uma sensação estranha e deliciosa.

Ela sentou-se na cama e notou que o edredom era diferente. Assemelhava-se a um saco de dormir. Não desejando contrariá-lo, temendo que a mandasse voltar para seu quarto, deslizou suavemente para dentro daquela coberta tão quente.

Ele se dirigiu para a porta e trancou-a. Ao voltar para a cama, ficou olhando-a à luz da vela.

—Você... você sentirá frio— observou ela um tanto incoerentemente, ao sentir que a expressão no rosto dele a deixava encabulada e emocionada.

—Felizmente viajo sempre preparado para qualquer emergência— disse ele sorrindo—, até mesmo para esta.

Assim falando, foi até um canto do quarto onde suas malas estavam empilhadas, voltando com um outro edredom e um cobertor. Enrolou-se no primeiro, e estendeu o cobertor por cima deles. Passou o braço pelo ombro de Chandra, puxando-a para mais perto.

—Agora podemos conversar, sem pegarmos uma pneumonia!...

O tom de voz dele era tão carinhoso que Chandra sentiu vontade de abraçá-lo e dizer-lhe o quanto o amava. Encostou a cabeça em seu ombro, tentando acreditar que aquilo não era um sonho. Como se compreendesse o que ela estava pensando, *Lord* Frome disse-lhe:

—Eu a amo! Há muito que eu amo você, Chandra. Lutei desesperadamente para não admitir isso, nem mesmo para mim...

—Tem certeza que me ama?

—Eu a amo como jamais pensei poder amar. Quando vi aquela *khukri*, cravada em sua cama, compreendi que você era tudo para mim, e que não poderia viver se algo acontecesse a você!

—Quando foi... que se apaixonou por mim?

Puxando-a um pouco mais para perto dele, respondeu:

—Sei agora que foi quando a levantei do chão naquele *bungalow*. Compreendi o quanto fora corajosa, montando durante dois dias exaustivos, sem se queixar e sequer pedir para irmos mais devagar.

—Envergonhei-me tanto por ter desmaiado...

—Fui cruel ao exigir demais de você. Nunca mais farei isso.

Como querendo desculpar-se, pegou o queixo de Chandra e virou seu rosto para ele e disse:

—Eu a amo muito, querida. Daqui por diante cuidarei bem de você.

Tornou a beijá-la, no começo suavemente, contudo, à medida que seus lábios iam se tornando mais ardentes e exigentes, Chandra sentia uma sensação de êxtase. Ao mesmo tempo, sentia uma enorme necessidade de aproximar-se ainda mais dele, de incorporar-se a ele, embora não compreendesse o que estava querendo.

Ele a afastou um pouco, dizendo com a voz pouco firme:

–Quero que me explique por que disse que o punhal era destinado a você, e não a mim.

–Trata-se de algo que já devia ter lhe contado... e talvez agora se zangue comigo, por não ter feito isso antes.

–Isso não acontecerá nunca mais, querida, Quero que me perdoe por eu ter sido tão grosseiro, quando você chegou substituindo seu pai.

–Eu sabia que estava sendo uma intrusa... compreendi que era a minha presença que o deixava mal-humorado.

–E que durante tanto tempo odiei as mulheres, que não percebi o quanto você era diferente, meu amor.

Tornou a beijá-la, antes de prosseguir.

–Mas não mude de assunto. Conte-me por que alguém queria matá-la, embora não acredite que exista uma pessoa que tenha coragem para fazer isso.

Hesitante, talando muito baixinho, temendo que ele não compreendesse o que ela fizera, contou-lhe tudo a respeito do lama Teshoo, do seu pedido, e de como a esmeralda fora parar em suas mãos. Ele se manteve em silêncio, mas quando Chandra terminou, abraçou-a, dizendo:

–Como pode arriscar-se tanto assim, quando você me pertence?

–Ignorava então que você... me amava, jamais pensei também que eu pudesse vir a amá-lo.

–E agora tem certeza de que me ama?– perguntou ele.

–Não sabia que o amor pudesse ser assim tão maravilhoso... tão perfeito! Ou que um beijo me fizesse sentir como se você me estivesse levando até os píncaros do Himalaia...

Ele recomeçou a beijá-la carinhosa, ardente e possessivamente. Foi só quando ambos se sentiram ofegantes, que ele disse:

—Eu a protegerei, para que possa entregar a esmeralda aos seus verdadeiros donos. Mas não quero que continue com ela.

—Mas... suponhamos que aqueles que também a querem tornem a atacar?– perguntou Chandra, com voz trêmula.

—Será melhor que o façam a mim, mas não a você.

—Julga-me capaz de deixar que isso aconteça? Você é muito importante para o mundo... bem como seu trabalho– vendo que ele ia interrompê-la, apressou-se a continuar–, além disso, o lama me prometeu que haveria de proteger-me. Embora você não acredite, foi ele quem me ordenou que viesse procurá-lo.

—Acredito sim, querida, e por ter-lhe obedecido, foi ele que salvou sua vida.

Chandra sentiu-se radiante, ao ver que ele acreditava nela e não a julgava capaz de inventar tudo aquilo, como muitos homens o fariam.

—Quero que me proteja– disse ela carinhosamente–, mas continuarei com a esmeralda pendurada no pescoço, pois acredito que se estiver novamente em perigo, o lama me avisará. Talvez lhe seja mais difícil fazer isso, se a pedra não estiver comigo...

—Ela vale muito para o Mosteiro *Sakya-Cho,* mas você é muito mau preciosa para mim. Protegerei a ambas, e embora não seja clarividente, sei que chegaremos a Bairagnia são e salvos, e não seremos mais perseguidos por ladrões ou qualquer outra pessoa.

–Hei-de sentir-me sempre protegida ao seu lado.

–É onde você deverá estar. Por isso, terá que dormir ao meu lado daqui por diante. Não a deixarei sozinha num quarto onde possa ser atacada.

–Mas... será desconfortável para você.

–Talvez seja, mas só por enquanto... vamos nos casar na primeira Igreja britânica que encontrarmos na Índia. Então, poderemos estar juntos noite e dia, sem mais preocupações.

Chandra não falou nada, mas ele pode ver, â luz da vela, o brilho que havia em seus olhos, e que se irradiava por todo o seu rosto.

–Tem a certeza de que quer mesmo casar-se comigo?– hesitou e acrescentou–, você... o inimigo das mulheres.

Ele deu uma risada que pareceu a de um menino.

–Estava decidido a continuar assim, mas deveria saber que, mau cedo ou mais tarde, o destino se encarregaria de mandá-la para destruir minhas defesas...

–Papai me contou que alguém despedaçou seu coração...

–Voltando ao passado, não penso que meu coração tenha sido despedaçado, diria que foi ligeiramente avariado. O que de fato saiu ferido foi meu orgulho, o que você classificaria de vaidade.

–Mas o que aconteceu realmente?– perguntou Chandra.

—Uma história banal, que me desagrada muito repetir, julguei estar apaixonado por uma moça, para a qual, por ser muito jovem e tolo, escrevi poemas e cartas de amor ardentes...

Seu tom de voz era tão irônico, que Chandra perguntou:

—E... o que aconteceu?

—Descobri que a moça adorava de tal forma minhas poesias e carta que achou divertido lê-las em voz alta para seus amigos. Soube também que era noiva de outro, e não se preocupou em comunicar-me o fato.

—Deve ter sido muito doloroso

—Eu era ainda muito jovem, e julguei aquilo um golpe de espada no coração.

—Daí, resolveu sair pelo mundo. Foi o que julguei que fizera.

—Foi a coisa mais sensata que já fiz. Foi na Índia, que me interessei a primeira vez, pelos manuscritos em sânscrito, o que, inevitavelmente, levou-me para o Tibete.

—Há males que vêm para bem!– exclamou Chandra.

—Não empregaria propriamente uma palavra tão solene como "males". Contudo, os jovens são muito vulneráveis, e eu era exatamente isso.

—De certo modo... estou contente– notou uma expressão de surpresa nos olhos dele, e acrescentou–, se tivesse se casado com aquela moça, agora estaria com uma porção de filhos.

Ele riu e concordou:

—Tem razão, querida!

–E os manuscritos estariam esquecidos nas bibliote-cas– continuou Chandra–, e o que é mais importante, nunca teriam sido revelados para o mundo.

–O que está dizendo é que Deus escreve direito por linhas tortas. Aceito seu raciocínio, porque estou muito feliz pelo destino que me conservou para você.

–Eu também– replicou Chandra–, só que tenho medo de tudo isso ser um sonho... e que ainda o aborreça o fato de que, como mulher, eu não seja capaz de ajudá-lo em seu trabalho.

–Trabalharemos sempre juntos– observou ele, abra-çando-a com força–, não só nos manuscritos mas em algo bem mais importante.

–O quê?

–Construindo um lar para nós, e talvez para todos os filhos que eu teria se me tivesse casado com vinte e um anos!

–Sinto ciúme só ao pensar nisso– sussurrou ela.

–Não precisa ter. Evitei as mulheres durante muito tempo, mas agora estou disposto a concentrar-me só em você– assim falando, beijou-a na testa e depois nos olhos–, você é tão linda que me é impossível olhar para outra mulher, quando está ao meu lado.

–Fiquei bonita, quando vesti aqueles *saris* que você me deu. De outro modo, não posso comparar-me às lindas mulheres que conheceu na Inglaterra e em outros países.

Ela beijou-lhe o rosto.

–Está se esquecendo de que costumo procurar nos manuscritos algo diferente e raro. Sempre achei as cha-madas mulheres lindas da sociedade, um tanto vulgares e insípidas– tornou a beijá-la, e continuou–, você me estimula de um modo que não posso explicar. Sua beleza me inspira tanto espiritual quanto fisicamente.

–Como pode dizer-me coisas tão maravilhosas? Era justamente isso que eu desejava inspirar no homem ao qual amasse… jamais sonhei encontrar um que pensasse, como você…

Antes de tornar a falar, ele a beijou no canto da boca e depois nos lábios.

–Teremos muito o que descobrir um sobre o outro, e levaremos uma eternidade para saber tudo.

Cada vez que ele a beijava, despertava-lhe novas sensações. Sentia-se igual aos picos do Himalaia, que banhados pelo sol, mudavam de cor. Ela descobria novas emoções.

–Você falou sobre construir um lar… um lar comigo…

–Tenho uma casa que está fechada há muitos anos. Embora muito antiga, acho que é linda, mas precisa de alguém para cuidar dela, para nela introduzir um ambiente de felicidade, o que sempre lhe faltou.

–Poderei fazer isso?– perguntou Chandra.

–Nós o faremos juntos. Agora que a encontrei, sei que a felicidade se baseia em duas pessoas… não em uma.

–Tem a certeza de que seremos felizes? É difícil acreditar que eu lhe seja realmente necessária?

–Saberei convencê-la disso. E agora, meu amor, vamos tentar dormir. Teremos um longo dia amanhã, e não quero que torne a desmaiar. Nunca me perdoaria!

–Você me deu novas energias– ela parou de falar, e muito encabulada, acrescentou baixinho–, quero galopar bem depressa, para chegarmos logo ao próximo *bungalow*, e tornar a ficar pertinho de você... assim.

Ela sentiu que suas palavras o excitavam.

Ele começou a beijá-la, e beijou-a até que ela teve a impressão de não estar mais naquele lugar exíguo, mas bem alto no céu, envolvida pela luminosidade do amor...

A viagem foi bastante árdua, principalmente ao atravessarem o vale onde a malária grassava. Ao deixarem para trás as nuvens da montanha Churia, Chandra,

sentiu-se protegida, embora continuasse andando atrás de *Lord* Frome, Mehan Lall e um outro empregado de confiança a vigiavam de cada lado de seu pônei.

Ao chegarem ao *bungalow-dak* na colina de Sisagarhi, o estrado da cama de Chandra foi levado para o quarto de *Lord* Frome, juntaram os dois de modo que eles pudessem se tocar,

Chandra ainda achava difícil admitir o quanto estava apaixonada, e o quanto era amada. Todavia, bastava ver a expressão dos olhos dele, que o seu coração desandava a palpitar. A cada beijo, sentia todo o corpo vibrar com novas sensações

Conversavam a hora do almoço, e embora a refeição fosse muito rápida, teve a impressão de que comera o manjar dos *Deuses* e bebera o seu néctar.

Por estar apaixonada, achava cada flor, cada árvore e cada borboleta, diferentes do que antes lhe pareciam.

Somente quando o longo dia terminou, e ela pode deslizar para dentro do saco de dormir, em sua cama, esperando por ele, que fora até o lavatório, foi que percebeu o quanto seu mundo se transformara, desde que viera para o Nepal.

Se seu pai não tivesse adoecido, ela teria ficado com Ellen, vendo poucas pessoas e contando cada centavo que gastassem, isto, porque o dinheiro que *Lord* Frome entregara ao professor teria que durar muito tempo, contudo um novo mundo abrira-se para ela.

Estivera num dos países mais fascinantes, tivera o privilégio de ver o *"Manuscrito Lótus",* e o mais importante, descobrira o amor.

Assim pensando, esperava Frome com ansiedade. Ele tivera o cuidado de trancá-la por fora enquanto ela se despia e deitava-se. Além dessa preocupação, deixara seu revólver sobre a cama após ter-lhe ensinado como usá-lo. Por ser tão atencioso e compreensivo, ela jamais se constrangera por estar dormindo ao seu lado.

Sabia ser aquilo bastante sensato, e reconhecia também que apesar de beijá-la apaixonadamente, e tão sequiosamente, ele a tratava com o máximo respeito, fazendo-a sentir-se às vezes, igual a um daqueles manuscritos tão frágeis, aos quais manuseava com tanta delicadeza.

Por mais inocente que fosse, Chandra sabia que se *Lord* Frome, não fosse o homem honrado que era, ela teria achado impossível dormir ao seu lado, sem ter medo.

Ouviu-o destrancar a porta, tornando a fechá-la após entrar. Os olhos de Chandra brilhavam à luz da vela.

—Como é possível que cada vez que a vejo você esteja mais adorável? Todas as vezes, penso que não pode haver mulher mais linda, mas quando olho para você, está muito mais encantadora do que antes!

Chandra sorriu de felicidade. Sentia porém que, ao obrigar-se a tratares mulheres com certa reserva e até odiá-las, fora como se ele a houvesse, encerrado numa fortaleza.

Agora, os muros haviam desabado, e tudo o que havia de poético e idealista em sua natureza viera à tona, e ele se manifestava com palavras que soavam como o *"Cântico da Alma Celestial"* que haviam trazido.

Estava convencida de que ele não lhe falava apenas com o coração, mas com a alma. Portanto, queria dar-lhe tudo o que possuía... a sua mente, coração, alma e... seu corpo.

Atravessando o quarto, ele veio sentar-se em sua cama.

–Estive contando as horas que faltam para nos casarmos.

–Ainda há tempo para que você mude de ideia– disse Chandra para provocá-lo.

–Acha possível? Sabe tão bem quanto eu que não posso escapar não só de você, mas também do destino...

–Então, quer mesmo?

–Se a elogiar ainda mais, ficará presunçosa. Uma das coisas que admiro em você, é que enrubesce ao ser elogiada.

Ele se inclinou procurando seus lábios. Embora pretendesse beijá-la de leve, mal a tocou, ambos sentiram a força magnética que os atraía. A necessidade que sentiam um pelo outro era irresistível, quase violenta em sua intensidade. Abraçou-a e beijou-a tão apaixonadamente, que ela estava a perder a noção das coisas.

Chandra sentiu-se arrebatada por sua paixão, como se arrastada pelas ondas do mar e naufragasse nas profundezas do oceano. Tinha a impressão de que seu corpo inteiro, gritava palavras de amor.

Quando, finalmente ele ergueu a cabeça com um olhar ardente e o coração palpitava, tumultuosamente, sentindo que o amor que os unia, a ofuscava, numa espécie de alucinação.

—Devo deixá-la dormir, querida! Mas como a desejo! Preciso de você! Graças a Deus que não temos de esperar muito mais!

Tornou a beijá-la, porém, carinhosamente, e dirigiu-se para sua cama. Antes de soprar a vela, ficou olhando para Chandra durante muito tempo.

—Estou rezando para que possa fazê-lo sempre feliz, como está agora— sussurrou Chandra.

—E rezarei para torná-la muito mais feliz quando for minha esposa, tão feliz quanto eu, porque você é minha, inteiramente minha, e ninguém jamais a afastará de mim!

Chandra e *Lord* Frome chegaram a Bairagnia mais cedo do que esperavam, porque a estrada, sendo uma descida, era melhor do que aquela que ia até Katmandu.

As flores estavam ainda mais bonitas, as orquídeas mais abundantes, e as árvores mais frondosas, proporcionando uma sombra agradável.

Ela sabia que *Lord* Frome estava preocupado porque os *rododendros* e outros arbustos ofereciam um bom esconderijo para os assaltantes.

Entretanto, chegaram a Bairagnia sem novidades, e ela achou que o *bungalow-dak,* embora não sendo tão superior aos outros dois, era quase um Palácio luxuoso.

Suas malas foram levadas para o mesmo quarto em que estivera antes, mas Mehan Lall, levou seu estrado e as cobertas para o de *Lord* Frome, arrumando a cama ao lado da dele

Ao vê-lo fechar a janela, lembrou-se do menino que dali a chamara, para ir falar com o lama. Decidira que mal terminassem de jantar, iria ao encontro dele. Certamente estaria esperando-a em baixo da mesma árvore, mas *Lord* Frome já a avisara, de que não devia sair sozinha.

Na noite anterior, Mehan Lall dormira do lado de fora da porta do quarto deles. Chandra protestara, mas *Lord* Frome explicara-lhe que um criado fiel estava sempre preparado para defender seu amo. Fora ele mesmo que se oferecera, ao ver a *khukri* que estava cravada na cama de Chandra.

Talvez todas aquelas precauções fossem desnecessárias, mas ao mesmo tempo, achava reconfortante saber que aqueles que pretendiam apossar-se da esmeralda não teriam nenhuma possibilidade de roubá-la.

Embora o jantar constasse dos mesmos pratos, Chandra achou tudo delicioso.

Talvez porque, enquanto comiam, *Lord* Frome não deixara de olhar para ela um só instante, e mesmo conversando coisas banais, enquanto eram servidos pelos criados, seus corações falavam uma linguagem que só eles entendiam.

Após tomar seu conhaque, *Lord* Frome disse:

–Agora, querida, devemos ir falar com o lama, que a livrará dessa joia perigosa. Não terei paz, enquanto ela estiver em seu poder.

–Estive sempre a salvo, desde que você soube de tudo.

–Não quero arriscar nada, em se tratando de você. Já avisei a Mehan Lall e ao seu auxiliar, para que nos acompanhem até a árvore, sob a qual seu amigo estará esperando-a.

–Vou sentir-me muito constrangida ao chegar com uma comitiva– observou ela sorrindo. Sentindo que ele fazia aquilo por amá-la tanto, ela o abraçou, dizendo em seguida:

–Quando cheguei aqui, fui para meu quarto apavorada, só em pensar que talvez me mandasse de volta. Como poderia imaginar que você fosse capaz de falar de um modo tão carinhoso?

Apertando-a contra seu corpo, ele lhe disse:

–Era o que eu tinha vontade de fazer, mas só Deus sabe o quanto receava perder minha licença para entrar no Nepal.

Erguendo a mão dela, levou-a aos lábios e disse:

–Espero, também, que no futuro você só se interesse por mim. Sinto que estou com um ciúme incrível dessa esmeralda, imagine então o que sentirei, se algum homem tiver a ousadia de olhar para você!

Beijou-a, e ela deu uma risadinha, dizendo depois baixinho:

–Se no mundo houver outros homens além de você, não me será possível olhar para eles.

Pela expressão de seu rosto, percebeu que aquelas palavras o tinham deixado feliz. Como se fizesse um esforço para não tornar a beijá-la, ele a puxou pela mão, encaminhando-se para a varanda.

Os dois criados, que já os esperavam, começaram a andar um pouco atrás de Chandra, *Lord* Frome dirigiu-se para as árvores que confinavam com o jardim do *bungalow*.

Mal Chandra conseguiu enxergar através dos arbustos, viu que não se enganara ao pensar que o lama estaria esperando-a. Lá estava ele, sentado com as costas eretas, dedilhando as contas de madeira do rosário que pendia de sua cintura.

Chandra e *Lord* Frome se aproximaram, ficando de pé à sua frente.

Ela fez a saudação *namaskar*.

—Eu a saúdo, minha filha— disse ele–, bem como ao senhor, *milorde*. As preces do Mosteiro *Sakya-Cho* foram ouvidas, e nosso tesouro está sendo devolvido.

—Ei-lo aqui...— disse Chandra tirando pela cabeça a fita que amarrava o saquinho de camurça. Entregou-o ao lama, que imediatamente o fez desaparecer nas pregas de sua túnica pesada e grossa.

—Disse-lhe que a protegia, e que o mérito alcançado ao nos devolver esta joia, também traria a felicidade que procurava. Pelo que vejo, ela se tornou uma realidade.

—Sim, eu a consegui!— exclamou Chandra olhando para *Lord* Frome.

—Seu respeitável pai também ficará feliz ao traduzir *"O Cântico da Alma Celestial"*.

193

—Como sabe que o encontramos?— perguntou Chandra.

—Tais coisas fica-se sabendo— respondeu o lama—, e para que se liberte das preocupações terrenas, peço-lhe que leve este presente para ele, com a gratidão do abade, e de todos os que fazem as suas devoções no Mosteiro *Sakya-Cho*.

Assim falando, entregou-lhe um envelope de papel grosso.

Ela o pegou e o lama acrescentou:

—Entregue-o ao seu respeitável pai com as nossas bênçãos. Do mesmo modo, abençoamos a você, nossa filha, que será sempre lembrada em nossas orações.

Antes que Chandra pudesse falar, ele disse *a Lord* Frome:

—Proteja-a, meu filho. Levou muitos tesouros do nosso mundo para o seu, o qual um dia avaliará a importância que eles têm. Nesse momento descobriu o mais precioso, procurado por todos os homens: o amor!

—Foi o que pensei— observou *Lord* Frome calmamente.

Erguendo a mão, o lama disse:

—Que o santo Buda, o Perfeito, os abençoe. Partam em paz!

FIM